# APFEL, NUSS UND MANDELKUSS

WEIHNACHTSGESCHICHTEN

## VERA HEWENER

Jedes Jahr die gleichen Fragen, jedes Jahr viel Trubel und Vorbereitung, jedes Jahr die Faszination für das schönste Fest der Christenheit: Weihnachten. Die Weihnachtsgeschichten von Vera Hewener erzählen vom ganz besonderen Zauber der Adventszeit, „beflügeln die Fantasie und schicken die Seele auf die Reise." (DieWoch 05.12.20) Das Buch versammelt neue und ausgesuchte Weihnachtsgeschichten für Groß und Klein aus dem literarischen Werk von Vera Hewener für besinnliche, heitere und nachdenkliche Momente im Kerzenschein.

„Vera Hewener versteht es meisterlich, Fiktion und Realität miteinander zu verknüpfen...viel Raum für Besinnlichkeit und Reflektion." DieWoch Buchtipp 11.10.2017. „Offensichtlich steckt auch ein Schalk in Hewener." Anja Kernig SZ 07.12.17. „Einfühlsam geschriebene Geschichten, mal heiter und komisch, mal reflektierend und nachdenklich." DieWoch Buchtipp 10.11.18. „Wer sich gerne im hektischen Alltag eine Auszeit gönnen möchte, findet hier reichlich Raum dafür, kurzum ein Adventsbuch zum Schmökern und Vorlesen." Heusweiler Wochenpost 17.11.21.

Vera Hewener, Dipl.-Sozialarbeiterin, geb. 1955 in Saarwellingen, veröffentlicht seit 1986 Lyrik, Erzählungen und Bühnenstücke. Veröffentlichungen in Deutschland, Österreich, der Schweiz, Frankreich und Ungarn, Einzelübersetzungen ins Französische und Ungarische. Mehrfach ausgezeichnet, u.a. vom Centro Europeo di Cultura Rom (I) Superpremio Cultura Lombarda 2001, Superpremio Mondo Culturale, 2002; von CEPAL Centre Européen pour la Promotion des Arts et des Lettres Thionville (F) 1. Preis Deutsche Sprache 2004, Großer Europäischer Preis der Poesie 2005, Trophäe Goethe 2007, Trophäe Mörike 2015, Wilhelm Busch Preis 2017.

# APFEL, NUSS UND MANDELKUSS

## WEIHNACHTSGESCHICHTEN

### VERA HEWENER

Die Deutsche Bibliothek verzeichnet diese Publikation in der Deutschen Nationalbibliografie; detaillierte bibliografische Daten sind im Internet unter www.http://dnb.dnb.de abrufbar.

Herstellung und Verlag:
BoD - Books on Demand, Norderstedt

Printed in Germany

1. Auflage 2022
ISBN 9783756223770
10,00 EURO

# Inhaltsverzeichnis

# DAS WINTERLIED

„**K**eine Flocke ist so weiß, wie der heiße Sonnenschweiß", sang Karlchen mit voller Inbrunst auf die Melodie *Alle Vögel sind schon da*.

„Nanu, wo hast du denn diesen Text her?" fragte ihn Oma, die am Tisch saß und Karten legte.

„Ich weiß nicht. Er ist mir einfach eingefallen", brummelte Karlchen.

„Aha", meinte Oma. Der Sommer war schon längst gegangen. Draußen stürmte und donnerte es. Der späte Herbst ließ nichts aus.

„Kein Orkan ist stark genug, den Park zu stürmen wie im Flug", sang jetzt Mariechen und setzte sich auch an den Tisch.

„Ach, das ist ja ein schöner Chor", lobte Oma.

„Mach doch mit", bat Mariechen.

„Lasst mich mal überlegen", sagte sie. „Niemand lässt den Winter aus, nicht einmal die Weihnachtsmaus."

„Hei, das wird ein lustiges Winterlied," freute sich die Mutter, die aus der Küche kam. „Jetzt bist du dran, Mama, du musst dir auch etwas ausdenken", sagte Karlchen. Die Mutter überlegte und ergänzte das Winterlied. „Heute röste ich Maronen, um den Herbstwind zu belohnen".

„Ich bin wieder dran", rief Mariechen. „Hm, mal überlegen. Alle Vögel fliegen fort, wintern dort im Sonnenort."

„Lasst uns Mandelplätzchen backen und kleine Geschenke packen", sprudelte es aus Karlchen heraus. „Ihr habt den Wald vergessen", erkannte die Oma, „also, wie wär es damit: Seht der grüne Tannenbaum träumt schon von dem Wintertraum." „Ja", jubelte Karlchen, „da fehlt noch etwas. Apfel, Nuss und Mandelkuss, jetzt ist's m mit dem Herbstwind Schluss." „Richtig", sagte die Mutter, „Denn jeden Winter warten wir auf die weiche Flockenzier."

„Hurra", rief Mariechen, „jetzt haben wir ein eigenes Familienwinterweihnachtslied erfunden."

„Ja", meinte Oma, „nun müssen wir es noch zusammenfügen. Also schreibt jetzt jeder seine Verse auf und wir sortieren sie danach." So begannen alle, ihre Sätze aufzuschreiben und bildeten daraus Strophen. „Jetzt könnt ihr beiden das ganze Lied singen", meinte die Mutter. Karlchen und Mariechen sangen aus vollem Herzen:

Alle Vögel fliegen fort,
wintern dort im Sonnenort.
Kein Orkan ist stark genug,
den Park zu stürmen wie im Flug.
Heute röste ich Maronen,
um den Herbstwind zu belohnen.

Keine Flocke ist so weiß,
wie der heiße Sonnenschweiß.
Jeden Winter warten wir
auf die weiche Flockenzier.
Niemand lässt den Winter aus,
nicht einmal die Weihnachtsmaus.

Seht der grüne Tannenbaum
träumt schon von dem Wintertraum
Apfel, Nuss und Mandelkuss,
jetzt ist's mit dem Herbstwind Schluss.
Lasst uns Mandelplätzchen backen
und kleine Geschenke packen.

„Das war schön", freute sich Karlchen.

„Ja", ein richtiger Familiendichtertag", strahlte Mariechen.

„Jetzt habt ihr euch aber einen heißen Kakao verdient", versprach die Mutter und ging in die Küche, um die Milch zu wärmen.

# WEIHNACHTSGESCHENK FÜR OPA

Traurig saß Oma auf dem Sessel, tieftraurig. Ihr Mann war im Sommer gestorben und nun war bereits wieder Weihnachten. Sie konnte das alles immer noch nicht verstehen. Warum musste er von ihr gehen? Im Krieg hatte sie sich geschworen, Hitler wird mir meinen Mann nicht nehmen. Jahrelang versteckte sie ihren Ehemann und war von einem Bauernhof zum nächsten gezogen. Gegen Kriegsende denunzierte sie jemand. Er wurde verhaftet und kam in ein Konzentrationslager. Zwei Jahre musste er durchstehen, dann kam er zurück. Er hatte nie darüber gesprochen, was ihm dort widerfahren war. Während sie durch ihre Erinnerungen wanderte, wurde ihr Blick immer dunkler, das Gesicht verfinsterte sich.

„Oma", fragte Karlchen neugierig, „weißt du, was das Christkind mir bringt?"

Oma schreckte auf. „Was hast du gefragt, Karlchen?"

„Ob du weißt, was mir das Christkind bringt? Ein kleines Geschenk vielleicht?", wiederholte er und blickte sie flehentlich mit seinen großen braunen Augen an. Er sah seinem Großvater sehr ähnlich.

„Ich weiß es nicht, Karlchen, ich weiß gar nichts mehr", bekannte die Witwe.

„Was weißt du nicht mehr? Hast du alles vergessen?", stutzte Karlchen. Was war denn nur mit Oma los?

„Ich weiß nicht mehr, ob der liebe Gott noch ein Auge auf uns hat", sagte sie mit tonloser Stimme.

Karlchen verstand nicht. „Wie meinst du denn das? Der liebe Gott sieht alles, hat der Pfarrer gesagt."

Oma holte tief Luft. Sie hatte für einen Moment vergessen, dass sie nicht allein war. „Entschuldige Karlchen, ich bin mit meinen Gedanken bei Opa."

„Opa ist jetzt im Himmel," wusste Karlchen. „Ob er wohl weiß, was das Christkind mir bringt?"

„Opa ist im Himmel, ganz bestimmt. Alle guten Menschen kommen in den Himmel", sprach sie mehr zu sich als zu ihrem Enkelkind. Wieder hatte sie den Krieg vor Augen, den Alarm der Sirenen, den Beschuss. Dem letzten Luftangriff konnte sie gerade noch entgehen.

„Wenn Opa hier wäre, würden wir jetzt Karten spielen", erinnerte Karlchen sich.

Oma bekam Tränen in die Augen. „Ganz bestimmt", schluchzte sie. Wie gut, dass ihre Enkelkinder keinen Krieg erleben mussten. Hoffentlich blieb es weiterhin friedlich.

„Weißt du was", schlug Karlchen vor, „lass uns jetzt auch Karten miteinander spielen. Das wär doch ein wundervolles Geschenk für Opa. Dann kann er uns zuschauen und ist nicht so allein im Himmel".

Oma weinte still in sich hinein. Warum hatte Gott ihr den Mann genommen, fragte sie sich. Er hatte doch keinen Grund. Trotz des Krieges war ihr Gottvertrauen ungebrochen geblieben. Menschen verursachten das viele Leid, nicht Gott.

„Nicht weinen, Oma. Wir sind doch auch traurig, dass er nicht mehr da ist", versuchte Karlchen, sie zu trösten.

„Entschuldige, aber er fehlt mir so sehr", grämte sie sich.

„Uns fehlt er doch auch. Kein Opa war so lieb zu uns wie er. Auf der ganzen Welt gibt es keinen besseren Opa. Komm, lass uns Karten spielen. Dann freut er sich mit uns."

Karlchens Vorschlag riss den dunklen Vorhang etwas auf. Ich verderbe meinem Enkel den Heiligen Abend, spürte sie. Das hatte Karlchen nicht verdient. Die Enkelkinder wussten doch gar nicht, was im Krieg geschehen war. Kein einziges Wort war jemals über ihre Lippen gekommen.

„Du hast Recht, spielen wir Karten." Oma trocknete die Tränen, Karlchen holte das Kartenspiel aus dem Schrank und begann, sie zu mischen.

„Aber dass du es weißt. Wenn du schummelst, wird Opa dich an den Haaren ziehen. Und schau mir nicht in die Karten."

Jetzt lächelte Oma. „Ich schummle doch nicht."

„Aber weil du so groß bist, linst du immer in mein Blatt. Wer nicht ehrlich ist, den holt der Teufel, sagt unser Pfarrer immer. Und du willst doch wieder zu Opa kommen."

Dieser liebe Junge, dachte sie, gibt sich alle Mühe, dass ich wieder atmen kann. Karlchen hatte sie besonders in Herz geschlossen. Wenn sie in sein Gesicht sah, sah sie ihren Mann in jungen Jahren vor sich. Vielleicht würde ihr Mann auch wollen, dass sie wieder lachen konnte. Vielleicht hatte Gott ihren Mann zu sich genommen, bevor er wegen einer Krankheit leiden musste. Er hatte im Krieg genug gelitten. Sie griff um das Kreuz, das an der Halskette baumelte. Lieber Gott, betete sie in Gedanken, wenn du mich wirklich liebst, dann schenk mir die Kraft, mich mit dem Schicksal zu versöhnen und meinem Enkel Freude zu bereiten.

„Ja", schluchzte sie jetzt wieder, „ich will da oben bei ihm sein." Sie atmete tief ein.

„Aber jetzt noch nicht, Oma. Du musst noch warten bis wir groß genug sind. Ich verrate auch nicht, wenn du trotzdem schummelst. Es ist ja nur ein Kartenspiel", versicherte Karlchen.

# DER DIGITALE NIKOLAUS

E s war kurz vor dem ersten Advent, als die Kinder in der Grundschule ein Tablet geschenkt bekamen. Damit sollte der digitale Unterricht erleichtert werden. Nicht nur wegen des Heimunterrichts aufgrund der Pandemie. Dies sollte auch den Aufbruch in die moderne Didaktik und Pädagogik verkörpern. Lernen als Computer gesteuerte Wissensvermittlung, mehr noch, Selbstlernen als Einstieg in selbständiges Denken und Handeln. Das waren die Tugenden, die heute in der Wirtschaft verlangt wurden. So begrüßten die Eltern, die vom Heimunterricht geplagt waren, diese vorweihnachtliche Gabe in der Hoffnung, dass die Pandemie doch noch etwas Gutes für die Sprösslinge bewirken könnte. Von nun an wurde der Unterrichtsstoff digitalisiert präsentiert. Jeden Morgen pünktlich um acht Uhr erwachte das Tablet zum Leben: „Guten Morgen liebe Schüler*Innen. Bitte öffnet euer Tablet. Wir wollen mit dem Unterricht beginnen."

Die wohlklingende Computerstimme war als Schleife programmiert. Heute sollte mit dem arithmetischen Grundwissen fortgefahren werden. Die Geschwister Michael und Fritz saßen an ihren Tablets und lauschten wie gebannt den Anweisungen. Das Einmaleins verlangte ungeteilte Aufmerksamkeit. Einmal eins war eins. Was war zweimal eins? Auf dem Bildschirm flackerten zwei Tablets. So ging es weiter. Als die Stimme bei zehnmal eins angekommen war, blinkten zehn Tablet auf der Oberfläche. Michael, Klassenbester mit einem übereifrigen Erfindergeist, spitzte zu Fritz hinüber. „Das ist ja ein Schaltkreis", rief er. „Zehnmal eins ist also ein Schaltkreis?", fragte Fritz. „Ja, genau. Wenn alle miteinander in Verbindung stehen, wird daraus ein Schaltkreis."

„Hm", brummelte Fritz und dachte, dass Zahlen sich ab einer gewissen Größe wohl in Dinge verwandelten und einen eigenen Kreislauf entwickelten. Wie war das wohl dann mit den vier Kerzen am Adventskranz? Viermal eine Kerze

11

ergaben nach dieser Theorie, so nannten die Erwachsenen unbewiesene Annahmen, einen Adventskranz. Wenn nun aber vier Adventskränze zusammengeschlossen würden, wäre das dann ein Adventskreis? Würden die Kerzen oder die Kränze miteinander kommunizieren? Oder wenn an Weihnachten die Geschenke digital verteilt würden, wäre das dann ein Geschenkekreis? Was wäre wohl mit dem Nikolaus? Würde er die Socken digital füllen oder kam er persönlich vorbei? „Du hast doch Speicherkarten", klärte Michael den kleinen Bruder auf. „An Nikolausabend machen wir die Tablets an und sehen am nächsten Morgen nach, was drauf ist." Das digitale Lernen nahm seinen Lauf und begann, sich zu verselbständigen.

Am Abend saßen alle beim Abendessen an einem Tisch, auch Oma Christa. Fritz zählte die Familienmitglieder und kam auf fünf. Fünfmal eins war also ein Familienkreis. Das musste er sich merken. Was man so alles zusammenschalten konnte! Jetzt begann er erneut zu multiplizieren. Zweimal eins war ein Paar, dreimal eins eine kleine Familie, viermal eins ein Adventskreis, fünfmal eins ein Familienkreis, sechsmal eins ein Jugendkreis, siebenmal eins eine Handballmannschaft. Weiter kam er nicht.

"Fritz, was überlegst du denn so angestrengt? Hat das Tablet nicht funktioniert?", fragte seine Mutter. „Ich lerne gerade das Einmaleins", verkündete er stolz. „Funktioniert es oder hast du Fragen?"

„Nein, nein. Ich habe gerade nochmal die Zehnerreihe durchgezählt." Seine Mutter nickte und war froh, dass die Entlastung scheinbar funktionierte. „Wenn ihr fleißig seid, wird der Nikolaus euch bestimmt belohnen", sagte sie.

„Au fein. Mama, hast du noch ein paar Speicherkarten übrig?", fragte Fritz. „Speicherkarten? Hm, vielleicht hat Papa noch ein paar Sticks rumliegen. Ich seh gleich mal nach", versprach sie nichtsahnend. Sie fand noch zwei Speicherkarten, die sie Fritz brachte. „Jetzt macht ihr aber die Tablets aus. Ihr wisst doch, dass morgen Nikolaustag ist."

Michael nahm die Sticks und überlegte. Wenn er die Sticks in ein Tablet oder ein Laptop einsteckte, konnte er dann die Nikolausgeschenke optimieren? Er müsste dann alle Geräte irgendwie miteinander verbinden. Vielleicht gelang dies über die Schulcloud. Ja, dachte er, das ist die Lösung. Er würde in jedes Gerät einen Stick einstecken und alle bei der Schulcloud einloggen. Gedacht, gemacht. Michael erklärte Fritz, was er tun sollte und schickte ihn in das Arbeitszimmer der Eltern. Er sollte die Laptops unbemerkt von den Eltern in ihr Zimmer bringen. Damit ihre Mutter sie beim Gutenachtkuss nicht sah, versteckte er sie unter den Betten. Als die Mutter gegangen war, flüsterte er: „Fritz, die Luft ist rein. Komm, hilf mir mal, alles auf den Schreibtisch zu stellen." Fritz tat, wie ihm befohlen. Michael, der Technikspezialist, verband sie mit einem Kabel, wählte die Schulcloud an und gab die Laptops und Tablets frei. „So", sagte er voller Vorfreude, „Nikolaus kann kommen."

Am nächsten Morgen ging der Vater in das kleine Arbeitszimmer, um mit dem Homeoffice zu beginnen. Er erschrak. „Renate, komm mal her. Die Laptops sind weg. Jemand ist heute Nacht bei uns eingebrochen."

„Was, das gibt es nicht, heute Nacht? Aber ich hab gar nichts mitbekommen." Nach der Flasche Wein waren beide in den Tiefschlaf gefallen. „Kinder", rief die Mutter, „ist euch etwas geschehen? Wir hatten einen Einbruch heut Nacht. Die Laptops sind weg." Michael grinste: „Das war bestimmt der Nikolaus." Der Vater wunderte sich über Fritzchens Fantasie. „Dann müssten die Laptops jetzt in einem Strumpf stecken. Lasst uns mal nachsehen." Die Familie begab sich ins Wohnzimmer. Die Socken hingen gefüllt mit Süßigkeiten am Band. „Da sind sie aber nicht. Wir müssen die Polizei verständigen." Der Vater war besorgt. „Papa, warte doch. Vielleicht hat der Nikolaus sich im Dateienbaum verirrt", versuchte Michael, den Vater davon abzuhalten. „Wie, Dateienbaum? Wie soll der Nikolaus denn da reinkommen?" Dem Vater schwante nicht Gutes. Er hatte geheime Daten, Betriebsgeheimnisse, auf seinem Computer. „Hast du nicht gesagt, in eine Cloud käme jeder hinein?", suchte Michael nach Bestätigung. Du lieber Himmel, er wird doch nicht? Im Kopf des Vaters lief ein schlechter Film ab. „Michael, sag mal, hast du etwa dem Nikolaus dabei geholfen?" Das Entsetzen stand ihm im Gesicht geschrieben.

„Weiß nicht", stammelte er kleinlaut, da die Stimme seines Vaters Ärger vermuten ließ. „Zeig mir doch bitte mal eure Tablets." Sie gingen ins Kinderzimmer. Alle Geräte standen auf dem Schreibtisch, die Lämpchen glühten, helle Warntöne piepsten. „Oh je", entfuhr es Michael. „Das war wohl zu viel für den Nikolaus. Der füllt sicher noch die Speicherkarten." Der Vater zog blitzschnell das Netzkabel und löste alle Verbindungen. Die Geräte waren ausgeschaltet. „Aber Papa, jetzt hat der digitale Nikolaus sein Werk nicht vollendet. Hast du nicht gesagt, wir dürften den himmlischen Mächten nicht dazwischenfunken?" Der Vater versuchte, tief durchzuatmen. „Michael, es gibt keinen digitalen Nikolaus. Er hat euch doch die richtigen Socken, die im Wohnzimmer hängen, gefüllt. Ein Stick ist nur elektronisch mit Daten zu füllen. Du kannst die Schokolade zwar ausdrucken, wenn sie in einer Datei gespeichert ist, aber nicht aufessen."

„Nicht? Dann gibt es auch kein digitales Multiplizieren?", fragte Fritz jetzt verunsichert. „Das Einmaleins hat sich nicht geändert. Einmal eins ist immer noch eins", sagte der Vater.

„Aber zweimal eins ist ein Paar und zehnmal eins ein Schaltkreis. So steht es auf dem Schulcomputer", meinte Fritz.

„Dann gib mir mal dein Tablet." Der Vater machte es wieder an. Alles funktionierte. Nur eine Fehlermeldung, dass die Freigabe nicht erteilt werden konnte, weil das Passwort fehlte. Gott sei Dank, dachte er. Dann rief er die Seiten der Arithmetik auf. Ein Tabletbildchen tauchte auf der Oberfläche auf. „Siehst du, einmal eins ist ein Tablet. Wenn ich jetzt auf zehnmal eins gehe, kommt ein Schaltkreis. Das hat Michael gesagt", beharrte Fritz auf seiner Erkenntnis. „Aber Fritzchen, das sind nur Symbole, damit du besser die Zahlenreihen lernen kannst. Wenn du zehnmal ein Tablet rechnest, hast du zehn Tablets. Du kannst aber auch zehn Tablets einfach zusammenzählen und du erhältst ebenfalls die Zahl zehn. Das heißt aber noch lange nicht, dass dies ein Schaltkreis ist."

„Das ist aber schade. Und ich dachte, wenn man alle Zahlen miteinander verbindet, würden neue Dinge entstehen, so wie der Schaltkreis. Dann gibt es auch gar keinen Adventskreis, Familienkreis, Jugendkreis und an Weihnachten auch keinen Geschenkekreis? Und ich hatte mich so darauf gefreut."

„Weißt du, eine Familie ist immer ein Kreis, in dem jeder einen Platz hat. Jeder ist ein Teil des Ganzen. Und wenn wir alle etwas gemeinsam unternehmen, sind wir sogar wie ein Schaltkreis. Die Dinge entstehen aber nur, wenn wir etwas tun. Wenn wir nichts tun, geschieht auch nichts, nur die Zeit vergeht."

„Wer bringt dann an Weihnachten die Geschenke?" fragte Fritz. „Das Christkind. Wir sind nur die Boten. Und glaub mir, das Christkind käme nie auf die Idee, digitales Gebäck zu schenken oder was du dir sonst so wünschst. Aber den Wunschzettel, den kannst du mir geben oder mailen. Denn lesen tut das Christkind alle Botschaften, ob handschriftlich oder digital."

„Dann bin ja beruhigt. Ich dachte schon, dass das Christkind mir die Eisenbahn nur noch als Bild schenken würde. Ich hol gleich meinen richtigen Wunschzettel aus dem Versteck, damit du ihn an das richtige Christkind weiterleiten kannst." Fritz ging an den Schrank, wühlte hinter den Pullovern, nahm den Wunschzettel heraus und gab ihn seinem Vater.

„Wisst ihr Kinder, Computer sind dazu da, das Leben zu erleichtern. Aber das Leben selbst ist nicht digital. Es spielt sich immer in der gegenwärtigen Wirklichkeit ab. So und jetzt werden wir alles lebendig werden lassen. Nach dem Frühstück fahren wir auf den Weihnachtmarkt. Dort könnt ihr dann auf einem richtigen Eisenbahnkarussell fahren."

„Kriegen wir auch richtiges Popcorn?" fragte Fritz.

„Ein ganzer Korb voll", lachte die Mutter.

# APFEL, NUSS UND WINTERKLEID

„Wann kann ich endlich mein Schneekleid anziehen?" fragte der Apfelbaum. Die Last der vielen Äpfel hatte ihn erschöpft. Seitdem sie gepflückt und das Laub abgefallen war, fror er im rauen Herbstwind.

„Da musst du noch warten", sagte der Nussbaum. „Solange ich noch Nüsse habe, wird es nicht schneien."

„Aber es ist doch kalt und windig. Mein Laub ist schon abgefallen. Ich bin so nackt", jammerte der Apfelbaum.

„Stell dich nicht so an. Ich hab viele Jahre wachsen müssen, um ein dichtes Laubkleid zu bekommen", rüffelte der Nussbaum.

„Ja, du bist ja auch ein Langzeitbaum. Als du angefangen hast zu wachsen, trug ich bereits die rotesten Äpfel des ganzen Gartens auf mir", entgegnete der ungeduldige Obstbaum.

„Deshalb musst du jetzt warten. Auch Kurzzeitbäume müssen warten lernen", bemerkte der Nussbaum.

„Ich bin aber schon alt und hab den Menschen und den Tieren viele Mahlzeiten beschert. Ich habe ein Recht auf ein neues Kleid", verteidigte sich der Apfelbaum.

„Du magst zwar älter sein. Aber andere Bäume müssen auch noch warten. Der Winter brät dir keine Extrawurst."

Der Apfelbaum wurde traurig. Der Nachbar gönnte ihm die Winterruhe nicht. Der hatte auch gut reden. Bis in den November hinein kuschelten die Blätter sich an seine Äste.

„Aber Rücksicht könnte er nehmen. Das ist doch nicht zu viel verlangt", forderte der kahle Apfelbaum.

„Ja, Ja, wart's nur ab. Es riecht schon kalt und die Sonne hat sich bereits zurückgezogen", beruhigte ihn der Nussbaum.

„Deshalb bin ich doch so nackt. Wenigstens könnte die Sonne eine kleine Ausnahme machen und mir auf den

Stamm scheinen", hoffte der Apfelbaum und schaute in den Himmel.

Auch der Nussbaum hoffte darauf, dass die Nüsse endlich reifen würden. „Nun ja", meinte der Nussbaum jetzt, „das wär gar nicht schlecht. Wenn die Sonne noch ein wenig scheinen würde, könnten meine Früchte endlich aufplatzen."

„Siehst du", sagte der Apfelbaum, „wir haben doch etwas gemeinsam. Ohne die Sonne können wir beide nicht leben."

Als ob die Sonne ihnen zugehört hätte, fielen vom Himmel plötzlich helle Strahlen durch die Wolkendecke und hüllten alles mit Wärme ein. „Ach, tut das gut", freuten sich die Bäume.

Plötzlich schwangen die Äste des Nussbaums hin und her. Erst sprang ein Eichhörnchen durch das Geäst, dann hüpften noch zwei weitere Pelztiere im Laub herum. Da fing der Nussbaum an zu lachen: „Lasst das, hüpft nicht so auf mir herum. Ich bin kitzlig." In der Krone pflückten die Eichhörnchen die Nüsse nacheinander ab und sprangen wieder vom Baum. Viele Nüsse fielen auch einfach auf den Boden. Bald war der Nussbaum leer.

„So", sagte die Sonne, „jetzt hab ich genug gestrahlt. Ich muss auf die andere Seite der Erde. Die warten auch auf mich. Dort soll es bald Frühling werden."

„Danke, liebe Sonne", sagte der Nussbaum, „dass du mir das Leben erleichtert hast. Nun kann ich mein Laub dem Boden spenden."

„Danke, liebe Sonne", sagte der Apfelbaum, „dass du mich noch einmal aufgewärmt hast. Mit deinen Sonnenfarben hast du mir ein Kleid gesponnen."

Die Sonne reiste am Nachmittag in einem weiten Bogen über den Horizont und verschwand still und leise unterhalb des Erdballs. In der nächsten Woche wurde es frostig kalt. Und tatsächlich, die ersten Schneeflocken tanzten aus den Wolken und begannen eifrig, dem Apfelbaum das ersehnte Winterkleid zu spinnen.

# NIKOLAUSALARM

In der Notrufzentrale tat am Nikolaustag Wachtmeister Meyer Dienst. Er saß vor dem Telefon und blätterte lustlos in der Neuen Züricher Zeitung. Da er am Abend auf einer Feier den Nikolaus spielen sollte, hatte er bereits eine Nikolausmütze mit Blinklicht angezogen. Das Kostüm lag über dem Tisch. Er wünschte sich, dass es ruhig blieb, doch das Notruftelefon klingelte plötzlich. Genervt nahm er den Telefonhörer ab: „Hallo, hier spricht Wachtmeister Meyer. Was kann ich für sie tun?"

Am anderen Ende meldete sich eine atemlose und aufgeregte Anruferin: „Ich möchte einen Einbruch melden."

Wachtmeister Meyer zweifelte: „Einen Einbruch, heute?"

Die Anruferin bestätigte nochmals: „Ja, einen Einbruch."

Wachtmeister Meyer glaubte an einen Scherz und hatte kein Verständnis dafür. „Wer soll denn an so einem Tag bei ihnen einbrechen?"

Empört rief die Anruferin: "Das weiß ich doch nicht."

Der in seiner Ruhe gestörte Wachtmeister begann zu spotten: „Und wen wollen sie dann anzeigen?"

„Ich will keine Anzeige erstatten, bei mir wird gerade eingebrochen. Hören sie, sie müssen ganz schnell kommen!", ereiferte sich die Anruferin.

Wachtmeister Meyer versuchte, sie zu beschwichtigen, da er immer noch an einen Scherz glaubte: „So eingebrochen. Woher wollen sie das denn wissen? Wir kommen heute nur, wenn auch wirklich ein Einbrecher bei ihnen ist."

Die Anruferin versuchte, den Wachtmeister von der Ernsthaftigkeit ihres Anrufes zu überzeugen und begann zu erklären. „Im Wohnzimmer kracht es, jemand hat „Hoho" gerufen und alles ist voller Ruß." Da anscheinend doch etwas vorgefallen war, begann Wachtmeister Meyer sich jetzt dafür zu interessieren. „Voller Ruß? Brennt es vielleicht?"

Die Anruferin erklärte: „Nein, es brennt nicht, jemand hat gepoltert und Hoho gerufen!"

„Gepoltert hat es, so, so. Haben sie ein Haustier?", fragte der Wachtmeister, der nach einer Erklärung suchte.

„Wir haben eine Katze. Was hat denn die Katze mit dem Einbruch zu tun?", wunderte sich die Anruferin.

„Na ja, es könnte doch sein, dass ihre Katze herumgesprungen ist, geschnauft hat und etwas hinfiel."

„Das kann nicht sein, es war ein lautes Holterdipolter?", erwiderte die Anruferin.

Der Wachtmeister stutzte und machte sich lustig. „Ach, ein Holterdipolter, kein Traritrara, der Winter, der ist da?"

Jetzt begann die Anruferin, sich zu ärgern: „Nein, ein Holterdipolter, Winter haben wir schon."

„So, so. Was hat denn gepoltert, hat die Katze etwas umgeworfen?", versuchte der Wachtmeister, sie wieder zu beruhigen.

Die Anruferin wurde jedoch immer aufgeregter: „Aber ich sage doch, dass es ein Einbrecher ist und nicht meine Katze. Die sitzt doch in der Küche."

„Ja, ja, ist ja schon gut. Jetzt regen sie sich nicht so auf, sonst muss ich den Notarzt rufen. Öffnen sie doch mal die Wohnzimmertür", empfahl der Wachtmeister.

„Was, ich soll die Tür öffnen?", fragte die Anruferin ängstlich.

Der Wachtmeister wiederholte bestimmt: „Jawohl, die Tür, was denn sonst? Bis wir ankommen, ist der doch schon weg. Oder sollen wir vielleicht durch das Kamin ins Wohnzimmer einsteigen?"

„Aber der Einbrecher ist doch da drin, vielleicht hat er eine Waffe?", befürchtete die Anruferin.

„Woher wollen sie denn wissen, ob er eine Waffe hat? Hat er schon geschossen?", fragte Wachtmeister Meyer.

„Nein, noch nicht." Die Anruferin wirkte erleichtert.

„Ja dann öffnen sie jetzt ganz vorsichtig die Tür und wenn es knallt, laufen sie schnell davon."

Mutig antwortete die Anruferin: „Gut, aber auf ihre Verantwortung. Wenn ich verletzt werde, tragen sie die Kosten. Inklusive Schmerzensgeld", forderte die Anruferin.

Wachtmeister Meyer wurde ungeduldig. Schließlich wollte er sich auf seine Nikolausrolle vorbereiten. „Und, was sehen sie?"

Die Anruferin berichtete: „Alles voller Ruß und Wind. Ich kann gar nichts sehen." Sie fing an zu husten.

„Haben sie vielleicht vergessen, den Adventskranz auszumachen?"

„Nein, er war doch gar nicht an!", konterte sie.

„Wo kommt dann der Ruß her?", rätselte Wachtmeister Meyer laut.

„Das weiß ich doch nicht!", rief die Frau in den Hörer.

Wachtmeister Meyer fragte gewissenhaft nach: „Ist der Feuermelder angegangen?"

Die Anruferin rief: „Nein, er hat nicht gewarnt."

„Na, dann hat es auch nicht gebrannt. Dann machen sie mal ein Fenster auf", bat der Wachtmeister.

Die Anruferin wurde nun misstrauisch. „Ein Fenster? Gut, aber nur auf ihre Verantwortung."

„Und, können sie jetzt etwas sehen?"

Die Anruferin beruhigte sich: „Ja, der Rauch zieht ab."

„Und, was sehen sie?", wollte Wachtmeister Meyer wissen.

Die Anruferin meldete wie gefordert: „Hier liegen überall Socken herum."

„Socken? Haben sie Besuch gehabt?", misstraute Wachtmeister Meyer wieder.

„Nein, niemand war hier", erwiderte die Anruferin.

Der Wachtmeister meinte: „Dann riechen sie doch mal daran?" Die Hilfesuchende fühlte sich wieder nicht ernst genommen. „Was, ich soll an fremden Socken riechen?"

„Ja, riechen sie doch mal an einer Socke."

Die Anruferin nahm eine Socke in die Hand: „Igitt, die ist ja ganz kalt und feucht. In den anderen stecken lauter Süßigkeiten."

Der Wachtmeister spottete: „Und sie sagen, es war kein Besuch im Haus? Haben sie vielleicht Halloween gefeiert?"

Jetzt war die Anruferin endgültig verärgert. „Aber ich sage ihnen doch, ich hab niemand eingeladen. Außerdem ist Halloween schon lang vorbei."

„Wenn das so ist, sammeln sie die Socken ein und bringen sie mir die Beweise aufs Revier oder glauben sie vielleicht noch an den Weihnachtsmann?"

Die Anruferin war irritiert: „Weihnachtsmann, ich bin doch kein Kind mehr."

„Eben, bringen sie alle gefüllten Socken zu mir."

„Und was ist mit dem Einbruch?", entgegnete die Anruferin.

Der Wachtmeister erklärte: „Wenn nichts gestohlen wurde, gab es auch keinen Einbruch. Im Gegenteil, sie haben etwas bekommen, ohne zu wissen von wem. Wollen sie vielleicht eine Anzeige gegen den Weihnachtsmann aufgeben?"

„Gegen den Weihnachtsmann? Den gibt es doch gar nicht!", empörte sich die Anruferin wieder.

„Eben. Und weil sie etwas bekommen haben, das sie gar nicht bestellt haben, gehört es ihnen auch nicht und sie können die Socken deshalb zu mir bringen."

Die Anruferin bezweifelte dies. „Weshalb soll ich ihnen denn die Sachen bringen, die mir irgendjemand geschenkt hat? Ist es neuerdings eine Straftat, ein Geschenk zu behalten?"

„Nur, wenn sie nicht an den Weihnachtsmann glauben."

„Aber den Weihnachtsmann gibt es ja auch nicht", beharrte sie weiter.

Der Wachtmeister forderte sie jetzt entschieden auf: „Dann bringen sie die Sachen ganz schnell zu mir, noch vor heute Abend!"

„Wie, ganz schnell?" Die Anruferin fühlte sich überrumpelt.

„Sehen mal auf den Kalender?", befahl der Wachtmeister.

„Weshalb soll ich denn auf den Kalender schauen?", fragte die Frau verunsichert.

„Welches Datum haben wir heute, gute Frau?", plänkelte der Ungeduldige.

Die Anruferin verstand nicht, was der Wachtmeister eigentlich von ihr wollte: „Es ist der fünfte Dezember."

Wachtmeister Meyer antwortete: „Eben. Es ist Nikolausabend und ich bin heute Abend der Weihnachtsmann."

# DER FUCHS UND DIE CHRISTROSE

Im Schnee schnürte ein Fuchs auf der Suche nach Nahrung. Er war sehr hungrig. Seit Tagen hatte er keinen Bissen mehr gefangen. Um wenigstens etwas im Magen zu haben, suchte er nach Pflanzen und fand eine Christrose. Er wunderte sich über die schneeweißen Blütenblätter, schlich um die Blume herum und fragte: „Was fällt dir ein im Winter zu blühen?"
Die Christrose wunderte sich, dass ein Fuchs scharwenzelte. „Ich bin die Frostfrau, meine Blüte ist eine Ehrengabe."

„Du verstößt gegen die Gesetze des Winters", mahnte der Fuchs. „Die gelten für mich nicht", befand die Christrose. „Aber im Winter gibt es kein Wachstum. Er ist zu kalt!" Die Christrose atmete tief ein. „Du bist wohl ein Besserwisser. Ich wachse aus der Dunkelheit nach oben ins Licht."

Neugierig fragte der Fuchs: „Wie heißt du denn?" Die Winterblume richtete ihren Blütenkopf auf und sagte voll Stolz: „Ich bin die Christrose."

Wieder schlich der Fuchs im Kreis um sie herum und aus den Lefzen tröpfelte es schon. „Dann pass nur auf, dass du nicht gefressen wirst. Du bist eine Rose ohne Dornen." Die Christrose erkannte, dass der Fuchs hungerte und erklärte: „Ach, ich schmecke nicht. Ich bin giftig. Wer mich frisst, wird sich lange Zeit mit Schmerzen an mich erinnern." Zweifelnd fragte der Fuchs: „Du bist ungenießbar? Sagtest du nicht, du seist eine Ehrengabe?"

„Ich bin die Blume der Heiligen Nacht und ehre die Geburt des Herrn durch meine weißen Blütenblätter. Ich bin so rein und weiß wie der Schnee", erzählte die Christrose. „Du bist wohl die Unschuld vom Lande? Als ob der Schnee Reinheit garantieren würde und die Nacht heilig wäre", höhnte der Fuchs. Die Christrose reckte sich auf und entgegnete: „In der Heiligen Nacht kommt der Christ zur Welt. Und das Wort ist Fleisch geworden und hat unter uns gelebt."

„Worte werden Fleisch? Da bekommt man ja Hunger, wo es im Winter doch nichts zu fressen gibt. Wo finde ich denn diese Mahlzeit?" lästerte er. „Im Stall in einer Krippe", beteuerte die Christblume.

„Kannst du mir den Weg beschreiben?", fragte der Fuchs. „Immer den Sternen nach, dann wirst du den Stall finden." Mit dieser Beschreibung konnte er nichts anfangen. „Wie, nachts soll man den Braten riechen?", argwohnte das hungrige Tier ungläubig. Jetzt erklärte die Winterblume genauer. „In einer stillen Nacht, wenn ein Stern hoch oben am Himmel steht. Dem musst du folgen. Er bleibt genau über der Hütte stehen." Der Fuchs staunte: „So, so, den Sternen nach. Das wird aber einen Auflauf geben bei so viel hungrigen Tieren. Du solltest das für dich behalten."

„Eine Lichtgeburt kann man nicht vor der Welt verbergen. Sie ist Nahrung für die Seelen," strahlte die weiße Blume. Der Fuchs verstand nicht. „Für die Seelen? Ich denke, aus Worten soll Fleisch werden." Der Fuchs hat gar keine Ahnung, dachte die Christrose. Den muss ich aufklären. „Das Jesuskind ist nicht von dieser Welt."

„Dann ist es ungenießbar, genau wie du?" fragte der Fuchs enttäuscht. „Im Gegenteil. Das Jesuskind ist das Heil der Welt", verkündete die Christrose. „Es wird meinen Hunger stillen ohne eine richtige Mahlzeit? Wie soll das denn gehen?", fragte der Fuchs zweifelnd.

Die Christrose versuchte erneut, ihm das Weihnachtsfest zu erklären. „Wenn du es siehst, wirst du von seinem Geist reich beschenkt sein. Deine Seele wird erfüllt sein. Der Herr ist dein Hirte, dir wird es an nichts mangeln."

Der Fuchs schüttelte ungläubig den Kopf. „Das ist wohl ein richtiger Wunderknabe?"

„Jetzt hast du es verstanden. Wenn du dich rechtzeitig aufmachst, wirst du ihn finden."

# DIE WEIHNACHTSMUSIKANTEN

Es war das zweite Weihnachtsfest, seit dem Ausbruch der Pandemie. Alle Menschen sollten zu Hause bleiben, Weihnachten nur im engsten Familienkreis feiern, am besten ohne die Großeltern. Direkt einen Gottesdienst zu besuchen, war nicht möglich. Man musste sich vorher anmelden, Maske tragen und durfte nicht singen. Viele Kirchengemeinden übertrugen das Festhochamt deshalb per Lifestream. Auch einige Fernsehprogramme strahlten eine Messe aus. Selbst aus dem Salzburger Dom wurde ein Gottesdienst übertragen. Gottes Segen sollte gerade in dieser Zeit so viele Menschen wie möglich erreichen.

Die Weihnachtsmärkte waren vielerorts wieder abgesagt worden. In Saarlouis konnte man zwar den Christkindlmarkt besuchen. Zugang hatten aber nur Personen, die genesen, geimpft oder negativ getestet waren.

Ochs Ludwig, der an Weihnachten in Saarlouis schon öfter für Aufsehen gesorgt hatte, durfte die Kutsche nicht ziehen. Die Ansteckungsgefahr in dem kleinen Gefährt war einfach zu groß. Sein Bauer hatte im Stall laut gehadert, dass er auch in dieser Saison nichts verdienen würde. Er sah, wie sich der Blick seines Königtiers verfinsterte. „Weißt du was Ludwig, wenn du auch die Kutsche nicht ziehen kannst, wirst du trotzdem geschmückt, Pandemie hin, Pandemie her."

Bauer Lonsdorfer holte am Heiligabend die Kiste mit dem Weihnachtsschmuck aus dem Regal und warf Girlanden und Lametta über das Zugtier, das im letzten Jahr wie ein Tannenbaum leuchtete und funkelte. „Jetzt kannst du wenigstens im Stall Weihnachten feiern. Stell dir einfach vor, du wärst damals bei der Geburt des Herrn dabei gewesen. Wir werden jetzt zur Ludwigskirche fahren. Unser Pfarrer hält auf dem Großen Markt eine Messe. Da ist Platz genug, um Abstand halten zu können."

Bauer Lonsdorfer fuhr frühzeitig mit seiner Familie los, um Zeit genug für die Parkplatzsuche zu haben. In der Eile hatte er vergessen, den Stall zu verriegeln. Ludwig schnaubte. Jetzt war er mit seinen tierischen Kollegen allein im Stall. Weshalb sein Bauer ihn nicht mitgenommen hatte, konnte er dennoch nicht verstehen. Schließlich würde er niemanden anstecken können. Wenn er auch keinen Karren ziehen durfte, so wäre er doch gerne bei der Feier dabei gewesen. Außerdem hatte er Erfahrung mit der Mette, seitdem er als doppelter Ochse in der Ludwigskirche für ein Wunder gesorgt hatte. Kurzentschlossen stieß er die Stalltür auf und trabte los. Die anderen beiden Ochsen waren gewohnt, dem Leittier gleichzutun und folgten ihm nach. So trottete der Ochsenzug durch die leeren Straßen in die Innenstadt, allen voran das Huftier, dessen Kopf- und Rumpfschmuck in der Dunkelheit glitzerte wie ein Sternenhimmel. Unterwegs gesellten sich Katzen und Hunde dazu. Auch Tauben wurden aufmerksam, eine Schar Elstern lockte das Glitzern an.

Die Tierparade kam am Kleinen Markt an, wo Ochs Ludwig während des Christkindlmarktes seinen Standplatz hatte. Dass niemand vor Ort war und die Stände geschlossen waren, wunderte ihn. Da erinnerte er sich, dass die Christmette bei seinem Besuch vor zwei Jahren in der Ludwigskirche stattfand. Vielleicht war dort der Freiluftgottesdienst geplant. Dann hörte er entfernt Musik spielen und ein Stimmengewirr. Er nahm die Witterung auf und trabte durch die Französische Straße in Richtung Großer Markt. Und richtig, die Gottesdienstbesucher standen versunken in tiefer Andacht wie aufgereiht im Kreis um den Zelebrationsaltar, der auf der linken Hälfte vor der Ludwigskirche des Großen Marktes stand. Die Krippe war etwas abseits auf dem rechten Teil des Großen Markt aufgebaut worden. Ochs, Esel und Schafe fehlten jedoch. Das war gut so. So konnte die tierische Heerschar die Tiere an der Krippe ergänzen. Ochs Ludwig zog also mit den Gefährten unbemerkt an die Krippe.

Der Pfarrer begann mit dem Weihnachtsevangelium: „Es begab sich aber zu der Zeit ..." Er endete mit den Worten, *alsbald war da bei dem Engel die Menge der himmlischen Heerscharen, die lobten Gott und sprachen: Ehre sei Gott in der Höhe und Frieden auf Erden und den Menschen ein Wohlgefallen.* In diesem Moment schnaubte Ludwig mit einem tiefen Bass, weil der Marsch so anstrengend war und stapfte mit den Hufen auf. Da begannen die Tauben im höchsten Sopran zu gurren, die Elstern schäckerten in der Alt-Lage ein Tschark, Tschirk, Tschirr, die Hunde schnieferten in der Mittellage mit und die Katzen miauten mit Obertönen. Die tierische Heerschar klang fast wie ein kleiner Chor. Die Gottesdienstbesucher waren überrascht und betrachteten das Geschehen mit Freude. Eigentlich sollte jetzt eine Harfe erklingen. Die Harfenistin jedoch hielt inne und lauschte dem unerwarteten musikalischen Beistand. Als die Tiere wieder still waren, posaunte das Blasorchester *Tochter Zion* in den Himmel, die Harfenistin griff in die Saiten und spielte *Vom Himmel hoch da komm ich her.* Der Pfarrer begann mit der Predigt.

Nach der Wandlung zogen sich die Tiere wieder diskret zurück. Um Ärger und Aufregung zu vermeiden, wollte Ochs Ludwig im Stall stehen, bevor sein Bauer etwas bemerkte. Bauer Lonsdorfer hatte in der Dunkelheit seine Huftiere gar nicht erkannt, dachte wegen des Blitzens und Funkelns aber für einen Moment an sein Zugtier Ludwig. Am nächsten Morgen schickte man sich die Nachricht vom tierischen Beistand hin und her, der wie ein Wunder die Stille des Gottesdienstes zur richtigen Zeit mit den Lautäußerungen beseelt hätte.

In der Zeitung stand geschrieben, dass Saarlouis zur Weihnachtswunderstadt geworden sei. Schon wieder hätte ein wundersamer Ochse für Aufmerksamkeit gesorgt, dieses Mal mit einer tierischen Heerschar. Die Weihnachtserzählung sei durch den musikalischen Beistand der Tiere zum Leben erweckt worden und die Pandemie für einen Moment in den Hintergrund getreten. Noch lange Zeit danach erzählte man sich die Geschichte von den Saarlouiser Weihnachtsmusikanten. Ob ihnen die Stadt Saarlouis so wie die Stadt Bremen ein eigenes Denkmal stiftete, ist jedoch nicht überliefert.

# SEHT HER, EIN STERN ZIEHT UNS VORAN

**W**ir waren bereits in Adventsstimmung, als die Stachelschalen auf den Boden platzten und die Kastanien aufbrachen. Bald würden die Herbstfrüchte geerntet und die ersten Maronen geröstet werden. Die Vorbereitungen für das adventliche Krippenspiel hatten bereits begonnen. Zum Dank für unseren Einsatz bei der letzten Sternsingeraktion durfte in diesem Jahr unsere ganze Clique mitwirken. Michael spielte den Ochsen, Katrin den Esel, Peter den Josef und ich durfte die Maria spielen. Die Hirten waren aus der Klasse unter uns.

Wir probten wie die echten Schauspieler, zuerst die Leseprobe, dann lernten wir den Text auswendig. Stellproben kamen hinzu, Gestik und Mimik wurden geprobt. Michael übte stampfen und schnauben, Katrin lernte die Eselslaute. Eine Puppe stellte das kleine Jesuskind dar. Sie war eine moderne Puppe, denn sie konnte lachen und weinen, sie trank und nässte sogar die Windeln. Ich übte mit der Puppe, die mir Mutter zuvor geschenkt hatte. Maria sollte schließlich ein Gefühl dafür bekommen, wie sich ein richtiges Baby anfühlt. Unsere Mütter nähten derweil eifrig an den Kostümen.

Die Proben verliefen recht gut, unsere Regisseurin war sehr zufrieden mit uns. Am Tag der Aufführung wurden wir alle geschminkt und eingekleidet. Wir waren gut vorbereitet und voller Enthusiasmus. Michael kroch auf allen Vieren im Ochs-Kostüm über den Bühnenboden, Katrin hörte sich beinah wie ein richtiger Esel an. „So", sagte die Übungsleiterin, „jetzt wird es ernst. Also Kinder, toi, toi, toi. Habt viel Spaß und viel Erfolg." Wir nahmen unseren ganzen Mut zusammen. Dann hob sich der Vorhang. Eine Hirtengruppe zog in die Mitte der Bühne. Der erste Hirte sagte: „Sieh mal her, ein Stern ist hier, er strahlt so hell und breit." Hirte Nummer zwei antwortete: „Hör mir auf. Was ist denn das, das Licht scheint richtig weit."

Der dritte Hirte sagte: „Das sieht aus, als würd er gleich vor unsre Füße fallen." Nun sprach der vierte Hirte: „Pass bloß auf, der wird sonst noch auf unsre Schafe knallen."

Die Hirten verständigten sich weiter über den Stern und gingen wieder von der Bühne. Dann trat Josef und Maria auf, sie sprachen mit dem Wirt und bezogen den Stall. Der Vorhang fiel und nach einer kurzen Umbaupause ging es weiter. Ich kniete vor der Krippe, um alsbald das Jesuskindchen in den Arm zu nehmen, Peter stand neben mir, hinter uns stampfte Ochs Michael und Esel Katrin rief Iaaaa. Dann tauchten die Hirten wieder auf und der Stern, der von der Decke hing, leuchtete. Hirte Nummer eins sagte: „Seht her, der Stern zieht uns voran, das muss die Hütte sein." Und Hirte Nummer zwei antwortete: „Das Himmelsvolk ist auch schon da. Wir stimmen einfach ein."

Was niemand voraussehen konnte war, dass der supergünstige Stern aus dem Discountladen so minderwertig war, dass er nicht richtig funktionierte. Auch das technische Prüfsiegel fehlte. Der Stern schien mit einem Mal nicht nur zu leuchten, sondern auch Feuer zu sprühen, so als wäre er eine Wunderkerze. „Oh", staunte das Publikum. Der Stern fing an zu rappeln, flog im Kreis, löste sich vom Faden und fiel in die Krippe auf meine Puppe, wo er noch ein Weilchen herumsauste. Was jetzt geschah, blieb allen in Erinnerung. Meine süße Puppe wurde durch die Funken versprühende Fehlkonstruktion zum Leben erweckt. Sie fing zu lachen an, weinte und hüpfte wie ein Floh im Krippchen herum. Vor lauter Schreck konnte ich sie nicht in den Arm nehmen. Ich stand wie gebannt vor dem kichernden und heulenden Jesuskind. Peter, unser Leitwolf, zog mich weg von der Krippe, in der es nach leicht kokelnden Windeln roch. Die Hirten ließen sich nicht aus der Ruhe bringen. Sie fingen zu singen an. „Halleluja, halleluja, geboren ist ein Kind. Macht euch auf nach Bethlehem, im Stall ihr es dort find."

Da dies alles recht komisch wirken musste, fing ein Kind in der ersten Reihe plötzlich lauthals zu lachen an. Das wiederum war so ansteckend, dass der ganze Saal mit einem Mal vor Lachen bebte. Vorbei war die Andacht, die Aufführung beendet. Applaus brauste auf und wir verbeugten uns artig, so wie wir es geprobt hatten. Der Vorhang fiel und die Feuerwehr stürzte auf das Krippchen, um einen möglichen Brand zu verhindern. Das Kokeln hatte jedoch bereits aufgehört. Die Krippe war gottlob nicht mit Stroh, sondern vorschriftsmäßig mit nicht brennbaren Materialien ausgepolstert. Wir kamen mit dem Schreck davon.

Nach dem Trubel stellte sich heraus, dass die Funken des umherfliegenden Sterns einen Kurzschluss in der Puppe ausgelöst hatten. Sie war am Batteriefach leicht angeschmort, was die kokelnden Windeln und das Durcheinander des Sprachprogramms erklärte. Der Chip war unbrauchbar geworden. Leider war die Puppe ebenfalls nicht von bester Qualität. Ein Markenprodukt wäre niemals durch umherfliegende Funken angeschmort worden. Mutter reklamierte den Schaden und bekam den Kaufpreis erstattet. Sie schenkte mir zum Trost eine neue Puppe, dieses Mal jedoch ein Markenprodukt mit Prüfsiegel. Ich nannte sie Christine und hegte und pflegte sie lange Jahre. So lernte ich die Babypflege sprichwörtlich im Kinderspiel. Das Krippenspiel selbst wurde zur Weihnachtsgeschichte, die noch lange Jahre danach für Erheiterung sorgte.

# DAS GROSSE VORBILD

**E**lisabeth Hollischek saß am Küchentisch und las in der Zeitung. Herr Hollischek, ein Wiener Fiaker, kam herbeigeeilt und hielt die Post in der Hand. Während er den Brief der Stadtverwaltung öffnete, murmelte er vor ich hin: „So wos, die Stadt Wien schreibt mir einen Eilbrief." Er nahm das Schreiben heraus. Neugierig geworden fragte Frau Hollischek: „Wos, der Stadtvater? Host was angstellt? Host die Poback-Schürz für die Pferdeäpfel nicht angmacht?"

„Wos redst dann do? Bei mir iss olls vorbildlich. Do gibt's ka Schmuh", verteidigte sich der Ehemann.

„Jo, wennst meinst. Du bist ja das große Vorbild von Wien. Wos schreibt a denn, der Herr Bürgermeister?", wollte Frau Hollischek wissen.

Er las vor: *Sehr verehrter Herr Hollischek. Die Stadt Wien möchte Ihnen für Ihren vorbildlichen Einsatz danken. Wir alle wissen, dass die Beförderung der Gäste für die Stadt Wien von großer Bedeutung ist. Damit dies auch so bleiben kann, bitten wir Sie, in der laufenden Saison darauf zu achten, dass die Gäste genug Abstand zueinander halten. Wir möchten nicht, dass in Wien eine Infektionswelle anrollt wie in Ischgl. Schicken Sie uns deshalb Ihre Hygienekonzeption zur Genehmigung zu.*

„Na servas, dös kann ja heiter werden", bemerkte Frau Hollischek.

„Heiter? Dös is ja, dös is ja so ein Blödsinn! Abstand, in a Kutschn? Sans die jetzt olle verrückt gworden? Außer dem Futtermittelpaket hot kaana dös gonze Johr wos gsogt und sich gekümmert, goa nix is von dena kummen und jetzt soll i vier Wochen vor Weihnachten a Hygienekonzept vorlegen? I glaubs ja net." Herr Hollischek griff sich vor lauter Aufregung ans Herz und keuchte laut.

Frau Hollischek war besorgt. „Wos regst di dann so auf? Komm, hock die nieder, i bring dir an Viertele." Frau

Hollischek holte ein Glas und die Weinflasche aus dem Kühlschrank, stellte alles auf den Tisch und schenkte ihrem Gatten ein. Herr Hollischek setzte sich hin. „Wos soll ma sich do net aufregen. Der Ausfall im Frühjahr und über Sommer hot gnug gekostet. Jetzt machen die mir das ganze Weihnachtsgschäft kaputt! Diese depperten Verwaltungsbeamten!"

„Do, trink a Schluck auf den Schrecken, dann wird's dir gleich besser gehen", riet ihm seine Ehefrau. Herr Hollischek trank das Glas aus und stellte es wieder hin: „Konnst ma noch a Schluck einschenken? I bin erledigt." Frau Hollischek goss nach und erklärte: „Weißt wos, du gehst jetzt zur Stadtverwaltung und erklärst denen, dass dös net geht. Ihr tragts ja eh schon alle Masken!"

Herr Hollischek trank das Glas wieder aus und überlegte, weshalb er dieses Schreiben von der Stadt bekommen hatte. „War dös vielleicht der Krampus des Wiener Nikolo? Wanns mit der Bim foan, sogt koana wos. Do reicht a Masken aus."

„Der Krampus soll sich das ausgedacht haben? Dann hättst jo wos angestellt?" rätselte die Gattin.

Herr Hollischek war sich keiner Schuld bewusst. „Wie, was soll i angstellt haben. I bin dös Vorbild für alle jungen Fiaker. Bei mir läuft olls nach Vorschrift." Frau Hollischek neckte den Gatten: „So, so. Und wos ist mit dem Trinkgöld? Tust dös deklarieren?"

„Deklarieren? I zahl gnug Steuern. Außerdem ist dös auch für dich an Toschengöld", rechtfertigte sich der Fiaker. „Für mi? Seid wann kriag i von dir Taschengöld vom Trinkgöld ab?", staunte die Frau des Fiakers. Herr Hollischek beichtete: „Seit dem i di als Reinigungskraft für die Kutschen angeb." Hatte sie doch geahnt, dass etwas nicht stimmte. „So, so. Seit wann mochst das denn schon so?", lockte die Gattin die ganze Wahrheit aus ihm heraus. Herr Hollischek räusperte sich und erklärte: „Seitdem dös Trinkgöld zum Einkommen dazu ghört." Also doch, die Steuererklärung entsprach nicht ganz den Einnahmen. „Kein Wunder, dass der Nikolo nicht gut auf dich zu sprechen ist", ermahnte ihn seine bessere Hälfte. „I wüsst, wie du dös wieder gutmachen konnst".

„So, wie soll dös gehen?", bangte Herr Hollischek. Frau Hollischek verlangte: „Ja, i kriag a schöne Nachzahlung und die Stadt zieht die Auflagen wieder zruck." Na servas, dachte Herr Hollischek, dös kommt davon, wenn man olls erzählt und grantelte: „Du glaubst wohl tatsächlich an den Weihnachtsmann!" Nach einer Minute Bedenkzeit meinte er dann: „An Versuch wärs ja wert. I geb dir a Nachzahlung seit der Coronakrise."

Die Ehefrau lehnte den Vorschlag ab. „Wos, da kommt nix bei raus! Do musst scho tiefer in die Toschen greifen. Denk dran, der Nikolo sieht und hört olls." Frau Hollischek gefiel sich in der Rolle der mahnenden und benachteiligten Ehefrau. „Na gut, i geb dir fünfhundert Euro als Pauschale fürs Erste", gab der Ehegatte nach.

„Und dann jeden ersten die Hölfte vom Trinkgöld?", stockte Frau Hollischek den Obulus auf. Herr Hollischek wurde jetzt leicht ärgerlich und wehrte ab: „A viertel täts auch!"

„Also gut, a viertel, mindestens aber fünfzig Euro im Monat. Dös könnt den Nikolo und den Krampus umstimmen und du brauchst ka Hygienekonzept", beharrte die Gattin. Herr Hollischek zweifelte: „Wers glaubt, wird selig. Wenns Finanzamt frogt, must du aber bestätigen, dass du meine Reinigungskraft bist. Sonst muss I nachzohlen", grummelte der ertappte Fiaker.

„Welche Ehefrau ist dös net?", stöhnte sie.

Es klingelte. Herr Hollischek schreckte auf: „Jo, wer is dös denn jetzt? I geh scho." Herr Hollischek ging an die Tür und kam mit einem weiteren Brief zurück. Frau Hollischek fragte wieder neugierig: „Wos ist denn das jetzt für an Brief?"

„Dös war an Einschreiben zum Eilbrief mit direkter Auslieferung." Er öffnete hastig den Brief und entnahm das Schreiben. Frau Hollischek bat ungeduldig: „Dann lies doch schon vor."

Herr Hollischek begann zu lesen: *Sehr geehrter Herr Hollischek. Wir informieren Sie darüber, dass die letzte Post von uns ein Irrtum war. Die Aufforderung zur Vorlegung eines Hygienekonzepts war nicht an die Fiaker adressiert. Das war das Schreiben an die Öffis, also Bus, Bahn und Bims im April. Unser automatischer Serienbrief hat eine falsche Vorlage bzw. Adresse gezogen. Wir bedauern, Ihnen Umstände gemacht zu haben und senden Ihnen stattdessen den Brief vom Wiener Nikolaus mit den besten Grüßen für Ihr vorbildliches Verhalten gegenüber Ihrer Stadt und Ihrer Familie. Wir wünschen Ihnen ein gutes Weihnachtsgeschäft. PS: Der Termin zur Abgabe der Steuererklärung für 2020 wird aufgrund der Coronakrise um vier Monate verlängert. Ihre Stadtverwaltung Wien.*

„Na, glaubst jetzt vielleicht an den Weihnachtsmann?", lachte Frau Hollischek.

# ZU VIEL ODER ZU WENIG?

**A**dvent – es ist soweit! Wieder das Glitzern und Funkeln der Straßenbeleuchtung, die übergroßen Tannenbäume auf den Märkten, das Aroma von Zimt und Mandeln und der Glühweinduft.

„Was machen die Kinder?", fragte eine Frau mittleren Alters eine jüngere Mutter. „Sie sind in der Wichtelwerkstatt. Bin gespannt, was sie alles gebastelt haben, wenn ich sie abhole."

Ja, ja, ist schon länger her, dass ich mit Christian über den Weihnachtsmarkt gelaufen bin, kam mir in den Sinn. Wenn man sieht, was Kindern heutzutage alles geboten wird, möchte man noch einmal Kind sein. Die Zeiten haben sich halt geändert. Was nach dem Krieg als ordentlich galt, wurde heute als arm angesehen.

Was ist Armut, fragte ich mich. Karussellfahrten nicht bezahlen zu können, Zuckerwatte nicht und den kreativen Weihnachtsbastelkurs auch nicht? Armut, kam mir in den Sinn, war zu meiner Zeit unpassende Kleidung, ein fehlender Mantel, Schuhe, Mütze oder Schal. Das waren die Dinge, die sich Kinder früher einmal wünschten oder einfach nur eine Tafel Schokolade.

Ich erinnerte mich an jene Weihnachten, als ich mir warme Hausschuhe wünschte. Und tatsächlich hatten mich Mutter und meine Patin mit in ein Schuhgeschäft genommen. Ich fand dort rote, knöchelhohe Pantoletten mit umschlagbarem Pelzkragen und Warmfutter. Ich durfte sie anprobieren. Sofort war ich in die Schühchen verliebt und wollte sie nicht mehr ausziehen. Aber daraus wurde nichts. Denn ich musste sie zurückgeben, wieder hergeben! Und war todtraurig, dass mir das Christkind sie wohl nicht bringen würde. Wie ungerecht ich das damals empfand. Andere Kinder konnten ihre Schuhe anprobieren und behalten. Mir war das nicht vergönnt. Wahrscheinlich würde ich wieder die Schuhe meiner älteren Schwester auftragen müssen. Tatsächlich aber brachte das Christkind mir genau diese Hausstiefelettchen, die mir so gut gefallen hatten. Die Freude darüber wollte sich aber nicht mehr so richtig einstellen. Zu groß war die Enttäuschung gewesen, als ich sie wieder hergeben musste, wo ich mir doch nur diese Hausschuhe gewünscht hatte und sonst gar nichts.

Dieses Ereignis ist mir bis heute in Erinnerung geblieben. Ein unerfüllter Herzenswunsch oder besser gesagt, ein aufgeschobener, der in mir das Gefühl von Benachteiligung hervorrief, das Gefühl, nicht so viel wert zu sein wie andere Kinder. Nur einmal wollte ich das bekommen, was ich mir wünschte, etwas Neues, Ungetragenes, das nur mir gehörte. War es der Zwang zur Entbehrung oder das Erlebnis, dass andere Kinder im gleichen Augenblick beschenkt wurden, dass ich so enttäuscht war? Der aufgezwungene Verzicht bei gegenwärtigem Erleben von Wohlstand prägte mich nachhaltig.

Wie musste es heute Kindern gehen, die diesen Überfluss wahrnehmen und selbst zur Tafel gehen müssen, um sich von dem auf diese Weise Ersparten andere Dinge leisten zu können. Wie musste es den Obdachlosen gehen, die einmal im Jahr wie Gäste behandelt wurden und ein opulentes Mahl von anderen serviert bekamen? War dies die ganze Menschenwürde? Am folgenden Tag würde sie womöglich von den Personen, die sie bedient hatten, niemand mehr erkennen wollen.

Ich dachte, dass mich dies alles weniger berühren würde. Lebten wir nicht in einer Leistungsgesellschaft, in der jeder, der sich etwas erarbeitet hatte, stolz darauf sein konnte und sich hin und wieder auch ein wenig Luxus gönnen durfte? So viele Gedanken um Armut in einem Land, das doch so reich sein sollte. Ich kam nicht davon los.

An jeder Ecke saßen die saisonalen „Bettelarbeiter", die jedes Jahr an Brückenabgängen und Straßen lagerten und einen ganz besonders bedauernswert ansahen, die Hand oder den Hut aufhielten, Bettlerketten, Banden, welche die christliche Nächstenliebe an der Nase herumführten. Wie viel Leid verbarg sich hinter diesen Gesichtern? Wem konnte man, wem sollte man und wem musste man helfen?

Was war mit der Nichtsesshaftenhilfe? Jeder hatte einen Anspruch auf Unterkunft und Verpflegung. Weshalb wollten diese Menschen keinen Gebrauch davon machen? Waren die Nichtsesshaften selbst Schuld an ihrer Misere oder war es ein besonderes Lebensgefühl, davon keinen Gebrauch machen zu wollen? Oder war es Scham, Stolz, Überforderung? Was würde ich tun, fragte ich mich? Bei diesem Gedanken spürte ich so etwas wie Unbehagen, Beklommenheit, ja sogar Angst. Was bedeutete es, in einer hochzivilisierten Gesellschaft auf der Parkbank schlafen zu müssen?

Die ewige Frage nach der sozialen Gerechtigkeit, dem Ausgleich des Zuviel an das Zuwenig in einem Land, das von Gesetzen, auch rund um die Armut, überzogen war wie ein Flickenteppich. Wurden etwa die Gotteshäuser über Nacht für die wirklich Obdachlosen geöffnet, um ihnen ein Dach über dem Kopf zu gewähren? Immerhin gab es einmal im Jahr den Tag der offenen Kirchen.

Warum die gewerbsmäßig Bettelnden in mir dieses ungute Gefühl hervorriefen, konnte ich mir nicht erklären. Wo sie doch das ganze Jahr über damit ihre Kassen füllten! War der symbolische Akt des Helfenwollens ein inneres Bedürfnis oder gar ein Zwang? Kulturbedingt war er sicherlich. Nicht überall kamen Menschen diese Gedanken in den Sinn. Manche waren darüber so sehr verärgert, dass das Betteln in den Innenstädten verboten wurde oder verboten werden sollte. Auch in Saarbrücken stand dies schon zur Debatte. Das aktive Anbetteln war zwar nicht mehr erlaubt. Aber genügten nicht schon die flehenden Blicke und das Hinhalten des Hutes, um Schuldgefühle hervorzurufen?

Versunken in die innere Debatte um Armut, Ursachen und Wirkung nahm ich die angenehmen Seiten des Christkindlmarktes gar nicht mehr wahr. Ich wollte mich doch eigentlich mit Gregor treffen! Wie jedes Jahr gelüstete es mich nach dem saarländischen Nationalgericht, dem Dippelappes. Ich steuerte den Brunnen auf dem Sankt Johanner Markt an. Die kleine Bühne war wie im letzten Jahr vor dem Brunnen aufgebaut worden. Eine Blaskapelle spielte Tochter Zion. Da sah ich Gregor winken. Wir schlenderten gemeinsam zum Stand der Hobbyköche. Ich bestellte eine Portion mit Apfelmus. Gregor verschwand kurz an der Rostwurstbude.

„Schmeckt's?", fragte er, während er in die Bratwurst biss. Ich muss zugeben, dass es nicht wirklich ein Genuss war. Ich bezweifelte, dass dieser Dippelappes tatsächlich frisch zubereitet worden war. Wahrscheinlicher war, dass sie eine vorgefertigte Teigmasse verwendeten. Meine Christkindlmarkt-Speisetradition geriet arg ins Wanken.

Eine Tasse Glühwein sollte es noch sein, allein schon der Tassen wegen. Meine Sammelleidenschaft für Glühweintassen füllte mittlerweile den halben Küchenschrank. In diesem Jahr gefielen mir die Stiefelchen mit dem dunkelgrünen Hintergrund besser als die Becher. Wir stellten uns an einen Stand, an dem weniger los war. Er gehörte allerdings ebenfalls zum marktführenden Standbetreiber.

Der Glühwein wärmte gut und Gregor meinte, dass zwei Stiefelchen als Mitbringsel wohl genügten. Dann entdeckte ich Tassen, die wie Schneemänner aussahen. Die musste ich unbedingt haben! Gregor schüttelte den Kopf. Recht hatte er ja und wenn ich an meine innere Armutskonferenz dachte, war es eigentlich purer Luxus, so viele Tassen zu sammeln. Dennoch kaufte ich zusätzlich zwei Schneemanntassen, allein der Freude wegen und das auch noch ohne schlechtes Gewissen. Vielleicht gehört es auch zum Advent einzusehen, dass nicht alles, was rational vernünftig erscheint, getan werden musste. Vielleicht war es bedeutender, dem eigenen Lebensgefühl, dem inneren Impuls zu folgen. Freude war schließlich keine Frage von Schuld, solange sie nicht auf Kosten anderer ging.

Die Erwartung von Weihnachten schloss alle Weihnachtstraditionen mit ein. Weshalb wir uns ja auch auf dem Christkindlmarkt getroffen hatten. Was wir noch kauften? Zwei große Tüten mit gebrannten Mandeln, jede Sorte anders geröstet. Auch eine Tradition. Eine von Gregor.

# DIE ADVENTSFEIER

Die Oberbürgermeisterin telefonierte mit dem Vorzimmer, um sich über den Stand der Vorbereitungen der Adventsfeier informieren zu lassen: „Die Weberin soll reinkommen." Frau Weber betrat das Büro: „Guten Morgen Frau Oberbürgermeisterin."

„Guten Morgen Weberin. Setzen Sie sich. Ist für die Adventsfeier alles vorbereitet?", fragte die Oberbürgermeisterin.

Frau Weber setzte sich hin und informierte: „Ja, die Kerzen sind alle gekauft."

„Wie, welche Kerzen?", wunderte sich die Chefin.

„Die Kerzen für die Adventsfeier", erklärte Frau Weber.

„Weberin, wir können nur elektrische Kerzen brennen lassen, Brandschutzbestimmung!", erinnerte die Chefin.

Doch die persönliche Referentin stellte fest: „Der Umweltschutz, dachte ich, müsste in diesem Jahr vorgehen. Deshalb wird das Rathaus heute Abend von Kerzen erhellt."

„Weberin, das geht nicht. Das ist gegen die Vorschrift", mahnte die Oberbürgermeisterin.

„Ich halte mich lieber an die Nachschrift: Hier regierte Frau Oberbürgermeisterin mit den hellsten Köpfen."

„Also bitte, Weberin, was soll denn das?"

„Soll in ihrem Nachruf vielleicht stehen, dass sie Energie verschwendet hätten? Stellen sie sich das mal vor, die Landeshauptstadt als Energiefresserin", erläuterte Frau Weber.

„Sie wissen genau, was uns die Brandschutzauflagen für Ärger machen. Der Umbau der HTW wird deshalb in die Geschichte eingehen", sagte die Oberbürgermeisterin.

Frau Weber meinte: „Der Umweltschutz ist in diesem Jahr höher zu bewerten, seitdem das Schwedenkind Greta das Klima vergiftet."

Die Oberbürgermeisterin ergriff Partei für die Jugendbewegung: „Die kleine Greta tritt für die Zukunft der Jugend ein."

„Eben. Deshalb brennen an diesem Abend nur Kerzen. Stellen sie sich vor, Greta wäre hier", riet die Beraterin.

„Das will ich mir nicht vorstellen."

„Dann stellen sie sich vor, neben ihren Beschäftigten ständen auch deren Kinder", entgegnete Frau Weber.

„Die Adventsfeier ist doch kein Heiliger Abend."

„Seitdem sich die Kosten für den Neubau des Ludwigsparks verdreifacht haben, ist hier nichts mehr heilig."

„Da sehen sie es. Wir müssen uns an die Vorschriften halten, sonst fliegen uns die Brandschutzbestimmungen um die Ohren."

„Anstatt dessen dann wohl der Haushalt."

„Wieso Haushalt. Der ist doch genehmigt. Der kann uns nicht mehr um die Ohren fliegen.", konstatierte die Vorgesetzte.

„Wenn die Zinseszinsen nicht mehr aufzubringen sind, brennt es nicht nur im Staate Dänemark", mahnte Frau Weber an.

„Ach was. Wir werden eine Teilentschuldung bekommen. Das hat man mir in Berlin hoch und heilig versprochen."

„Wenn denen in Berlin das Versprechen so heilig ist wie ihnen die Adventsfeier, geht uns der Strom sicher bald ganz aus."

„Wenn sie unbedingt sparen wollen, werden halt nur vier Adventskerzen brennen, elektrische wohlgemerkt."

„Bei den vielen Heiligenscheinen wäre eine Festbeleuchtung auch völlig überflüssig", lamentierte die Referentin.

„Heiligenscheine, wer hat denn hier einen Heiligenschein an?" echauffierte sich die Oberbürgermeisterin.

„Alle, die Wasser predigen und Wein trinken."

„Gut, dann ist der Glühwein gestrichen. Sonst noch was?"

„Eine Adventsfeier, bei der nur vier elektrische Adventskerzen brennen und es keinen Glühwein gibt, wird bei den Beschäftigten nicht sonderlich ankommen. Da werden wir wohl unter uns bleiben", führte die persönliche Referentin aus.

„Was zählt, ist das Angebot, nicht die Anwesenheit der Beschäftigten. So erfüllen wir unsere Arbeitgeberpflicht."

Die Oberbürgermeisterin war leicht genervt, bemühte sich dennoch um Ausgleich. „Also schön, zünden sie Kerzen an, schenken sie Glühwein aus und damit Sie Ruhe geben, bestellen sie auch noch Schnittchen und Weihnachtsstollen. Um den Brandschutzbestimmungen zu genügen, soll die Feuerwehr vorsorglich ein paar Männer im Rathaus postieren und deklarieren sie das Ganze als vorgezogene Brandschutzübung. Dann haben wir diese bereits für das nächste Jahr abgehakt."

„Schön und gut. Das Problem ist aber, dass die Feuerwehr unterbesetzt ist und wir dafür gar kein Personal haben. Die Zeitarbeiter können wir nur für Noteinsätze aktivieren und die Kollegen mit den befristeten Arbeitsverträgen haben wir alle in den Urlaub geschickt", gab Frau Weber zu Bedenken.

„Ist das so? Dann sichern sie den Zeitarbeitern und den anderen Feuerwehrleuten eine feste Anstellung zu. Ist das jetzt genug, Weberin?", vergewisserte sich Frau Oberbürgermeisterin.

„Das nenn ich eine umsichtige Politik, Vergnügen und Pflicht miteinander zu verknüpfen und daraus auch noch Kapital schlagen", lobte die persönliche Referentin.

„Ich nenne das, zwei Fliegen mit einer Klappe schlagen."

„Dann können wir also die offenen Stellen der Feuerwehr wieder fest besetzen und die befristeten Arbeitsverträge in Festanstellungen umwandeln?" fragte Frau Weber.

„Ja, in Gottes Namen. Veranlassen sie alles. Die Genehmigung durch den Stadtrat holen wir in der nächsten Sitzung nach", gab die Oberbürgermeisterin nach.

„Mein Gott, die werden sich vielleicht freuen. Und erst deren Kinder und all die kleinen Gretas und Peters in Saarbrücken. Das nenn ich eine tolle Weihnachtsüberraschung. Diese Adventsfeier wird auch in die Geschichte eingehen", freute sich Frau Weber.

# DER SPRINGENDE FUNKE

Draußen fiel Schnee. Die Straßenverhältnisse führten an diesem Dezembermorgen viele direkt in die Autowerkstatt. Ein gestresster Autofahrer kam in den Shop einer Tankstelle. Er schüttelte seine Jacke aus:

„Das ist ja vielleicht ein Wetter da draußen. Wenn das so weiterschneit, kann bald kein Auto mehr fahren."

„Es ist halt Adventszeit. Da soll es doch schneien. Was hätten Sie denn gerne?" fragte die Verkäuferin freundlich.

„Ich hätte gerne einen Satz Kerzen."

Die Verkäuferin dachte, was ist das denn für ein ausgefallener Wunsch. Welches Gedicht mit einem Satz Kerzen kannte sie? Dann fiel es ihr ein: „Advent, Advent, ein Kerzlein brennt."

Der Kunde stockte. „Wollen sie mich auf den Arm nehmen? Ich habe Kerzen gesagt."

Oh ja, dachte die Verkäuferin, hätte ich doch besser im Deutschunterricht aufgepasst. „Nun leuchten wieder Weihnachtskerzen." Jetzt war sie erleichtert.

„Sind sie noch bei Trost?" polterte der Autofahrer.

„Sie wollten doch einen Satz mit Kerzen", erklärte sie

„Ich wollte keinen Satz mit Kerzen, ich wollte einen Satz Kerzen", erklärte nun der Herr vor der Theke.

Die Verkäuferin verstand nicht. „Wo ist denn da der Unterschied? Ob mit oder ohne mit, ein Satz ist ein Satz."

„Ein Satz Kerzen besteht aus mehreren Kerzen." Der Kunde wirkte nervös.

„Na gut. Wie wäre es damit? Immer ein Lichtlein mehr am Kranze, den wir gebunden."

Jetzt stand dem Autofahrer der Ärger im Gesicht geschrieben. „Sagen sie mal, geht es Ihnen nicht gut? Ohne neue Kerzen kann ich nicht weiterfahren. Ob mit oder ohne Schnee."

„Wie, sie fahren mit Kerzen, nicht mit Benzin?" entfuhr es der bemühten Verkäuferin.

„Ich tanke Super", sagte der Kunde etwas ruppig.

„Tanken müssen sie schon selber. Hier im Shop können sie nur Kerzen kaufen", entgegnete die Verkäuferin schnippisch, froh, diesem etwas unverschämten Kunden etwas entgegen setzen zu können.

„Deshalb bin ich doch hier! Also haben sie nun Kerzen oder nicht?", herrschte der Kunde sie an.

„Sagen sie das doch gleich, dass sie Kerzen kaufen und keinen Satz mit Kerzen hören wollen. Mir wären die Gedichte ohnehin bald ausgegangen. Möchten sie vier rote oder vier weiße Kerzen?" fragte die Dame.

„Die Farbe ist doch ganz egal. Hauptsache, sie zünden", schnauzte der Kunde sie weiter an.

„Unsere Kerzen lassen sich alle anzünden, die sind qualitätsgeprüft", bewarb die Verkäuferin das Sortiment.

„Dann ist es ja gut. Also bitte, haben sie nun Zündkerzen oder nicht?"

„Zündkerzen wollen sie, keine Kerzen für den Adventskranz?", wollte die Verkäuferin wissen, um weitere Missverständnisse zu vermeiden.

Das war dem Autofahrer zu viel. Er rief erbost: „Ja wo sind wir denn hier? Etwa in einer Kerzendreherei?"

Die gekränkte Verkäuferin bemühte sich um Sachlichkeit. „Sie befinden sich im Shop einer Tankstelle und nicht in einer Autowerkstatt! Wenn sie Zündkerzen wollen, fahren sie bitte mit ihrem Auto in unsere Autowerkstatt. Die ist direkt hinter uns. Fahren sie also rechts um die Kurve herum und dann in den hinteren Bereich."

Der Kunde war weiterhin ungehalten. „Aber meine Kerzen lassen sich nicht mehr zünden. Der Funke springt nicht über."

„Dann versuchen sie es mal mit einem Feuerzeug, da springt der Funke bestimmt über", grinste die Verkäuferin.

# WEIHNACHTSGRÜSSE AUS EINER ANDEREN WELT

**W**as um alles in der Welt sollte diese Weihnachtspost? Kein Absender! Glückwünsche von einer unbekannten Person? Oder war sie ihr bekannt und hatte bloß vergessen, den Namen darunter zu schreiben. Vielleicht war es Werbung? Vielleicht ein Schneeballsystem oder ein Kettenbrief?

Wenn sie es recht überlegte, hatte sie ihren Freunden und Verwandten schon lange keinen Brief mehr geschrieben. Überhaupt schickte man sich Nachrichten per Mail, WhatsApp oder SMS. Briefeschreiben war nicht mehr in Mode. Herzliche Weihnachtsgrüße aus einer anderen Welt, stand auf der Innenseite der Karte. Welche Welt könnte da gemeint sein. Ein Weihnachtsrätsel, dachte sie, ja wirklich, es war ein Rätsel. Ob andere ebenfalls diese Post bekommen hatten? Sie wollte sich vergewissern und rief ihre Freundin an.

„Du, Gerda, hast du heute Post ohne Absender bekommen? Eine Weihnachtskarte in einem Briefumschlag?"

„Ich war noch gar nicht am Briefkasten. Bleib mal dran, ich geh nachsehen." Sie hörte die eiligen Schritte ihrer Freundin in Richtung Haustür klappern.

"Bist du noch dran? Ja, also, ich hab hier einen Weihnachtsbrief. Ein wunderschöner Umschlag übrigens. Warte mal, ich mach ihn auf." Sie nahm ein Messer und ritzte den Umschlag auf.

„So was", wunderte sie sich, „weißt du, was draufsteht? Herzliche Weihnachtsgrüße aus einer anderen Welt. Merkwürdig. Ob noch mehr Leute diese Post bekommen haben?"

„Möglich. Ich vermute, dass es ein Kettenbrief ist. Ich telefoniere mal weiter und sag dir Bescheid."

„Gut Maria, das werde ich auch tun."

Sie legten beide auf. Wen kannte sie denn, der ausgewandert war oder bloß in Urlaub gefahren war und Grüße schickte? Etwa ihre Schwester? Seit Jahren hatten sie keinen Kontakt mehr. Sollte sie vielleicht oder war es Tante Hedi? Auch sie hatte sich zurückgezogen oder lag es an ihr, dass sie nur noch selten ins Gespräch kamen?

Dann fiel ihr Onkel Heinrich ein. Mein Gott, es gab doch einige Menschen aus ihrem Verwandtenkreis, die sie aus den Augen verloren hatte. Zerwürfnisse waren nicht dafür verantwortlich. Es hatte sich im Laufe der Jahre so ergeben. Jeder hatte mit sich genug zu tun. Keine Zeit war geblieben, sich um andere zu kümmern.

Das letzte große Familienfest war Jahre her. Früher trafen sich alle einmal im Monat bei ihrer Mutter. Am ersten Freitag war Omatag. Obwohl die Rente nicht groß war, tischte sie immer richtig auf. Seit sie von ihnen gegangen war, dünnte sich alles aus. Es wurden nur noch die runden Geburtstage gefeiert und schließlich hörte auch das auf.

Eigentlich ein Jammer, dachte sie. Familie war damals das Wichtigste. Egal, was die Brüder, Schwestern, Cousins und Cousinen, Onkel und Tanten im Beruf auch erreicht hatten. Am Omatag zählte nur die Person, weil sie zur Familie gehörte. Hier war man nur Mensch. Wie schrieb einst Meister Goethe? Hier bin ich Mensch, hier kann ich sein. Und jetzt? Weihnachten allein zu Haus, das war nicht schön. Sie machte sich eine Liste, wen sie alles anrufen wollte. Ihren Bruder zuerst. „Hallo Peter, wie geht es dir? Lange nichts voneinander gehört", sagte sie.

„Ach Maria, was für eine Freude. Dass du dich mal meldest." Bruder Peter war ganz überrascht.

„Ja, ich dachte, ich ruf einfach mal an und frag, wie es deiner Familie geht. Wir haben uns länger nicht gesehen. Hast du nicht Lust, nächsten Samstag mit deiner Familie zu uns zu kommen? Dann machen wir ein Fest. Weißt du noch, wie damals bei Mutter? Ich würde mich freuen."

„Ja, gerne. Ich muss noch abklären, ob Rita etwas vorhat. Aber das können wir ja verschieben. Gut, wir kommen." Sie vereinbarten eine Uhrzeit. Am Schluss fragte sie nach der unbekannten Weihnachtspost. Auch er hatte diese Karte in einem Briefumschlag erhalten. Sie telefonierte den ganzen Nachmittag mit der Verwandtschaft. Alle hatten diese Post bekommen. Schließlich machte sie den Vorschlag, den O-matag wieder regelmäßig einzuführen. Reihum sollte er stattfinden und sie erklärte sich bereit, den Anfang zu machen.

Als sie ihre Freundin anrief, erhielt sie die Nachricht, dass diese ebenfalls die gesamte Familie angerufen hatte und alle diese Post im Briefkasten hatten. Mehr noch. Am nächsten Morgen im Einkaufsmarkt kam heraus, dass dies wohl eine Art Wurfsendung gewesen sein musste. Von wem, blieb unbekannt. Jedenfalls hatte der Brief mit der Karte zu einem intensiven Gesprächsaustausch im Ort geführt.

Am ersten Weihnachtsfeiertag verkündete der Pfarrer der Kirchengemeinde im Festhochamt, dass die Jugendorganisation an alle Haushalte der Gemeinde einen Weihnachtsbrief verschickt hätte. Der Weihnachtsgruß aus einer anderen Welt sollte daran erinnern, dass Jesus aus einer anderen Welt zu den Menschen kam. Die Menschwerdung Christi sei der Kern der frohen Botschaft. Die Menschen seien dazu aufgerufen, selbst menschlich zu handeln, einander beizustehen und miteinander anstatt auseinander zu leben.

# DRESDNER STOLLEN

**A**m ersten Adventssamstag betrat ein Kunde eine Berliner Bäckerei. Die Theke war voller Weihnachtsplätzchen, die Auslage bot lauter Leckereien und Köstlichkeiten.

„Guten Tag. Was hätten sie denn gerne?", fragte die Verkäuferin freundlich.

„Guten Tag. Ich hätte gerne Stollen", sagte der Kunde.

„Wie Stollen? Fußballschuhe führen wir nicht."

„Was denn für Fußballschuhe?", staunte der Herr.

„Das weiß ich doch nicht. Sie wollten doch ein paar Stollen."

„Ja, genau, Stollen aus Dresden", wiederholte er.

„Seit wann hat denn Dresden eigene Stollen? Die hat nicht einmal die alte Hertha", geiferte die Verkäuferin, die eine glühende Anhängerin des Berliner Fußballvereins war. „Ob ihre alte Dame die hat oder nicht, ist mir egal, ich möchte jedenfalls Stollen aus Dresden", regte sich der Kunde auf.

"Wenn die erste Liga keine eigenen hat, gibt es für die zweite erst recht keine", widersprach die Verkäuferin.

„Aber Stollen aus Dresden sind weltberühmt", behauptete er.

„Solange Dresden den Aufstieg nicht schafft, gibt es auch keine Stollen für Dresden", bestimmte die Fußballfreundin.

„Jetzt hören sie mal, befinden wir uns hier in einer Bäckerei oder in einem Fußballladen?", empörte sich der Kunde.

„Sie befinden sich sogar in einer königlichen Hofbäckerei. Wir haben schon für Kaiser Wilhelm gebacken." Jetzt blühte die Verkäuferin auf. Konnte sie doch für die Bäckerei werben.

„Dann werden sie ja Stollen aus Dresden haben."

„Aber ich sage ihnen doch, dass Dresden keine eigenen Stollen hat. Das wüsste ich. Schließlich bin ich seit Jahrzehnten Hertha-Mitglied." Die Verkäuferin schien ratlos.

„Ja, wie alt ist denn die alte Hertha?", wollte der Kunde die Ursache dieser Kappelei erkunden.

„Die alte Dame gibt es schon seit 1892", dozierte die Dame.

„Wie, die ist erst 127 Jahre alt? Stollen aus Dresden gibt es schon seit dem 15. Jahrhundert. Selbst August der Starke, der Kurfürst von Sachsen und König von Polen, hat ihn geliebt", glänzte der Kunde mit Wissen.

„Ich wusste gar nicht, dass es damals eine erste Liga gab."

„Stollen aus Dresden sind seit 1560 erste Liga", erklärte der Stollenliebhaber.

„Aber heute nicht mehr", trotzte die Verkäuferin.

„Sie sind wohl nicht auf der Höhe der Zeit. In Dresden wird am zweiten Advent sogar ein eigenes Stollenfest gefeiert."

„Dann fahren sie doch zum Stollenfest nach Dresden. Hier jedenfalls gibt es sie nicht", empfahl die Dame hinter der Theke.

„Ich fahre doch nicht wegen ein paar Stollen bis nach Dresden! Schon gar nicht im Schnee. Dann hätte ich halt gerne einen Herthastollen", entrüstete sich der Käufer.

„Wir sind doch kein Fußballladen. Außerdem gibt es weder für die erste Liga noch für die zweite Liga eigene Stollen."

„Ja, aber da liegen doch Stollen in der Auslage." Der Kunde verstand die Welt nicht mehr.

„Das sind Marzipanstollen. Den Kuchen können Sie kaufen."

„In Gottes Namen nehme ich eben einen Marzipanstollen, wenn sie keinen Dresdner Christstollen haben."

„Selbstverständlich haben wir Original Dresdner Christstollen. Wenn sie einen Christstollen möchten, dann sagen sie das doch", versuchte die Verkäuferin, sich zu erklären.

„Sie haben doch mit dem Fußball angefangen. Kein Wunder, dass ihr Fußballclub sich die Stollen noch nicht verdient hat."

„Wie bitte?" Die Dame war irritiert.

„Den Fußballverein möchte ich sehen, der mit Christstollen unter den Sohlen Deutscher Meister wird", spottete der Kunde.

# DAS KRIPPELI

In der Notrufzentrale saß Wachtmeister Meyer vor dem Adventskranz und versuchte, das Kreuzworträtsel der Zeitung zu lösen. Im Radio sang ein Kinderchor das Lied „Ihr Kinderlein kommet", als die Tür aufgestoßen wurde. Eine Frau in Winterkleidung kam mit einem Karton hereingestürmt.

„Grüezi, so sagt man doch in der Schweiz?"

Wachtmeister Meyer sah auf und meinte: „So sagt man hier. Von wo kommen sie denn?"

Die Touristin antwortete: „Aus Berlin."

„Ach, eine Preußin. Nehmen sie doch Platz." Die Frau setzte sich hin.

„Was wollen sie denn von mir?", fragte Wachtmeister Meyer.

Die Touristin erklärte: „Also, ik bin auf der Suche nach eenem Haus."

Wachtmeister Meyer stellte fest: „Dafür sind wir nicht zuständig. Sie müssen zum Fremdenverkehrsamt gehen. Ich bin die Notrufzentrale."

„Dat is ja een Notfall", sagte die Touristin erstaunt.

Wachtmeister Meyer fragte nach: „So, so. Dann sagen sie mal, um was es sich handelt."

„Mein Freund braucht ein eijenes Haus im Haus. Sonst wird dat zu unjemütlich", verkündete die Touristin ihren Wunsch.

Wachtmeister Meyer fragte irritiert: „Ungemütlich? Ist ihr Freund ein Schläger? Hat er sie verprügelt und kommen deshalb zur Notrufzentrale oder?"

Die Touristin erklärte: „Er kann janz schön picken, wa. Da muss ick uffpassen und Vorsorge treffen."

Wachtmeister Meyer wurde besorgt: „Vorsorge, vor einem Freund?"

„Wat sich lieb hat, dat neckt sich halt", sagte die Touristin.

Wachtmeister Meyer staunte: „Was sich liebt, das schlägt sich bei ihnen? Vorsorge, so nennt man das jetzt wieder in Berlin. Wir sorgen hier nur gegen Corona vor."

Die Touristin klärte auf: „Ick bin negativ jetestet, da brauchen sie keene Bedenken zu haben. Also haben sie een Haus im Haus?"

Wachtmeister Meyer wehrte ab: „Es ist Weihnachtssaison. Bei uns ist alles wieder ausgebucht."

Die Touristin bat: „Es muss ja nicht jroß sein. Etwa so jroß wie dieser Karton. Kieken sie mal."

Wachtmeister Meyer meinte, er habe sich verhört: „So ein kleines Krippeli wollen sie haben? Wie Maria und Josef?"

„Janz recht, so jroß wie eene Krippe", wiederholte sie.

Wachtmeister Meyer ergründete: „Da passt aber nur ein Kind hinein. Ist ihr Freund kleinwüchsig?"

Die Touristin sagte: „Für seine Art ist er janz normal groß, wa."

Wachtmeister Meyer fragte interessiert: „Wie sieht denn diese Art aus?"

„Die sind alle janz jelb", beschrieb sie ihren Freund.

Wachtmeister Meyer erschrak: „Ach gelb? Chinesen dürfen seit der Coronapandemie nicht mehr in die Schweiz einreisen, da kann der Freund noch so klein sein."

Die Touristin wollte ihn beschwichtigen: „Aber er ist janz lieb. Nur manchmal, da piept er halt ein wenig."

Wachtmeister Meyer wurde jetzt resolut: „Bei ihnen piept es wohl auch. Ist das etwa wieder so eine feindliche Übernahme? Hat die Pandemie nicht ausgereicht? Wollen sie der Schweiz jetzt den Krieg erklären?"

Die Touristin regte sich auf: „Wat, wat reden sie denn da. Feindliche Übernahme, Krieg? Un dat an Weihnachten?"

Wachtmeister Meyer beharrte: „Das hat es schon einmal gegeben. Damals in Bethlehem. Da hat man die Kinder auch alle umgebracht."

„Mein kleener Freund bringt niemand um, der bringt den Kleenen nur Freude", meinte die Touristin rechtfertigend.

Wachtmeister Meyer glaubte ihr nicht: „Aha, das ist ja eine saubere Verschleierungsmethode. Aus Gewalt soll Freude werden. Zuerst picken und dann piepen sie."

Die Touristin bekundete: „Aber Herr Wachtmeister, er tut keener Flieje wat zu leide, meistens jedenfalls nicht."

Wachtmeister Meyer lehnte ab: „Es tut mir leid, sie lösen mit ihrem Freund eine internationale Verwicklung aus. Ich muss die Kantonspolizei rufen."

Plötzlich fing es an zu piepen. Wachtmeister Meyer rief erschrocken: „Ha, was ist denn das, haben sie das gehört. Das Piepen im Karton, das tickt ja wie eine Bombe! Machen sie sofort das Paket auf und stellen diesen piependen Zünder ab, sonst muss ich da Bombenräumkommando rufen."

Die Touristin konnte das nicht verstehen: „Det is ja nicht zu glooben! Gut, wenn sie wünschen, mach ick dat Papier ab. Aber ick kann nicht garantieren, dass dat Piepen uffhört. Er war die janze Zeit im Dunkeln. Uff ihre Verantwortung."

Wachtmeister Meyer duckte sich unter den Tisch, sie riss das Packpapier ab und stellte einen Käfig mit einem Kanarienvogel auf den Tisch. Wachtmeister Meyer schaute vorsichtig wieder auf: „Haben sie die Bombe abgestellt? Was, was, was ist das denn? Sie haben ja vielleicht einen Vogel!"

Die Touristin sagte: „Sag ick doch, een kleena jelber Freund. Haben Sie jetzt vielleicht een Haus für mich?"

# TORNADO IM ADVENT

Die Grundschule hatte am Vortag zu einer Adventsfeier eingeladen. Auch die Eltern der nichtchristlichen Schülerinnen und Schüler konnten teilnehmen.

Die Oberbürgermeisterin wollte sich über die multikulturelle Veranstaltung informieren und rief ihr Vorzimmer an. „Die Weberin soll reinkommen."

„Guten Morgen Frau Oberbürgermeisterin", grüßte die persönliche Referentin die Verwaltungschefin.

„Guten Morgen Weberin. Hat gestern alles gut geklappt?", fragte die Oberbürgermeisterin erwartungsvoll.

Frau Weber legte die Signiermappe auf den Schreibtisch, setzte sich und erklärte: „Die Klappstühle haben ausgereicht."

Die Oberbürgermeisterin verstand nicht: „Was denn für Klappstühle?"

Frau Weber ergänzte: „Die Zusatzstühle für die Eltern."

„Wie Zusatzstühle? Gibt es nicht genügend Stühle in der Grundschule?", wunderte sich die Oberbürgermeisterin.

„Seit der Coronapandemie mussten die Schüler einzeln sitzen bleiben. Nicht dass dies ein Problem gewesen wäre."

„Wir haben Probleme mit dem Sitzenbleiben? In der Grundschule bleibt niemand sitzen", sagte die Oberbürgermeisterin.

Frau Weber meinte: „Genau, wiederholt wird heute nur noch der Unterricht und zwar solange, bis der letzte Inklusionskandidat mitgekommen ist."

„Weberin, was reden sie denn da. Die Inklusion ist der letzte Fortschritt der Pädagogik, sozusagen der letzte Schrei. Oder sollen wir etwa der Zeit hinterherhinken?"

„Solange wir die Klappstühle des letzten Saarspektakels benutzen dürfen, ist es egal, wie viel Personal in einer Klasse sitzen bleibt", überlegte die Referentin.

Die Oberbürgermeisterin schüttelte genervt den Kopf: „Hat die Bescherung des Christkinds wenigstens geklappt?"

„Leider ist da etwas auseinandergeklappt."

„Wie, auseinandergeklappt? Sind die Klappstühle etwa zusammengeklappt?" Die Oberbürgermeisterin wurde langsam unruhig. „Nein, die Klimaanlage hat für interkulturelle Verwicklungen gesorgt", klärte Frau Weber auf.

Die Oberbürgermeisterin bohrte ungeduldig weiter: „Interkulturelle Verwicklungen? Jetzt reden sie schon. Was soll sich denn da verwickelt haben?"

Frau Weber berichtete: „Der Kinderchor sang und die Gedichte wurden vorgetragen. Bis dahin entwickelte sich alles gut. Dann musste eine Klimapause eingelegt werden."

Die Oberbürgermeisterin bezweifelte dies: „Klimapause? Wieso das denn?" Frau Weber entgegnete: „Sie wissen doch, dass es Vorschrift in Coronazeiten ist, alle dreißig Minuten zu lüften oder die Klimaanlage einzuschalten."

„Ja und? Bisher gab es noch keine Beschwerden", entkräftete Frau Oberbürgermeisterin die Vorschrift.

Frau Weber bekundete: „In dieser Grundschule hatten wir aber dank der Fördergelder eine ganz neue Klimaanlage einbauen lassen. Sie hat Ventilatoren und Absauger."

„Da sehen sie mal, wie fortschrittlich die Landeshauptstadt ist", bekräftigte die Oberbürgermeisterin.

Frau Weber fuhr fort mit dem Bericht: „Als das Christkind hereinkam, breitete es die Flügel aus und sprach mit heller Stimme: Fürchtet euch nicht. Ich bringe die Frohe Botschaft. Das Christuskind ist geboren worden."

„War das nicht der falsche Text? Hat das nicht der Engel des Herrn gesagt", fragte die Verwaltungschefin.

„Die Inszenierung entspricht der Inklusion. Immer wieder von vorne beginnen mit der Besinnung."

„Ich hoffe, das war besonnen genug", lästerte die Chefin.

Frau Weber fuhr fort: „Als die Ventilatoren ihre Arbeit aufnahmen, wurden die besinnlichen Minuten unterbrochen."

Die Verwaltungschefin verstand wieder nicht: „Was war denn daran so schlimm? Die Bürger sollten uns dafür danken, dass wir die Ausstattung verbessert haben."

„Wie ein Tornado sog die Klimaanlage alles ein, was nicht niet- und nagelfest war. Der Luftzug war so stark, dass das Christkind sein goldenes Haar verlor. Die Perücke flog wie ein goldener Blitz durchs Klassenzimmer." Frau Weber hatte sich ereifert. Sie war aufgestanden und ihre Hand flog der Perücke wie ein Pfeil hinterher.

„Ach du lieber Himmel. Weberin, wenn es nicht so tragisch wär, könnte man laut lachen. Konnte die Haarpracht wenigstens wieder eingefangen werden?", bangte die Oberbürgermeisterin.

„Wie denn? Sind sie schon einmal in einer Windhose gegen den Strom geflogen?", fragte die Referentin.

„Weberin, bin ich ein Vogel? Ich fliege nicht", ermahnte die Vorgesetzte ihre Referentin.

„Sollten sie mal fliegen, wäre eh alles zu spät", frotzelte die Referentin und setzte sich wieder.

„Was haben sie gesagt, liebe Frau Weber?", fragte die Vorgesetzte mit einem leicht drohenden Unterton.

„Ja, das alles wäre ja noch nicht so schlimm gewesen", versuchte Frau Weber, sich herauszuwinden.

„Was, nicht so schlimm gewesen? Ist denn noch etwas daneben gegangen?", fragte die Oberbürgermeisterin.

„Die muslimischen Mütter gerieten leider ebenfalls in den Sog und verloren die Kopftücher. Die entblößten Frauen gerieten außer sich vor Zorn. Es entstand ein Gerangel unter den Müttern. Derweil schnurrten die Klappstühle durch das Aufstehen krachend zusammen und fielen um. Ein lautes Gekreische und Gepolter herrschte anstatt stille Nacht", gestand die Referentin den ganzen Schlamassel der Veranstaltung.

Die Oberbürgermeisterin tobte: „Das kann doch nicht wahr sein. Weberin, wie konnte das denn passieren?"

„Der Hausmeister wurde erst vor kurzem eingebürgert. Er hat die Anleitung leider völlig falsch verstanden. Statt Belüftung hat er Luftaustausch eingestellt."

Die Oberbürgermeisterin rief entsetzt „Versteht der kein Deutsch? Der hat doch einen Einbürgerungstest gemacht."

Frau Weber erläuterte: „Beim Deutschtest ist er aber durchgefallen. Da niemand mehr sitzenbleiben darf und niemand sich der Inklusion verweigern wollte, haben die Beamten zwei Augen zugedrückt."

Die Oberbürgermeisterin belehrte: „Weberin, das gilt doch nicht für Erwachsene, da geht es um Integration, hören Sie, Integration. Inklusion gibt es nur in der Schule!"

Frau Weber stand auf und entgegnete: „Es handelte sich dabei um Integration, um eine exklusive sogar."

Die Oberbürgermeisterin polterte: „Sagen sie mal, sind denn alle verrückt geworden? Was ist daran exklusiv, den Deutschtest nicht zu bestehen?"

Frau Weber lief nun vor dem Schreibtisch auf und ab und dozierte: „Das Alleinstellungsmerkmal der Verwaltung. Durch die Erteilung der deutschen Staatsbürgerschaft hat die Verwaltung einen exklusiven Verwaltungsakt vollzogen. Keine andere Behörde würde sich trauen, Integration derart umsichtig zu praktizieren."

„Weberin, wer um alles in der Welt soll das denn verstehen?"

„Gnade vor Recht ergehen zu lassen ist christliche Nächstenliebe in Ausübung eines Verwaltungsaktes." Frau Weber setzte sich wieder hin. Die Oberbürgermeisterin beruhigte sich: „Schön und gut. Wie ist denn die Adventsfeier ausgegangen? Haben die Mütter sich wieder beruhigt?"

„Nachdem alle kopflos waren, hat der Hausmeister Masken in dreifacher Ausfertigung zur Bedeckung der Blöße verteilt."

Die Oberbürgermeisterin mahnte: „Wieso in dreifacher Ausfertigung. Da haben wir ja das Budget überzogen."

Frau Weber reklamierte: „Nicht ganz. Ich habe die Masken als vorgezogenes Weihnachtsgeschenk deklariert, sozusagen als Werbegeschenk der Landeshauptstadt."

Die Oberbürgermeisterin gab zu Bedenken: „Die Masken werden uns aber bei der nächsten Coronawelle fehlen."

„Steht nicht geschrieben, eher geht ein Kamel durch ein Nadelöhr als ein Reicher in das Reich Gottes?"

„Weberin, wer hier das Kamel ist, wird sich noch herausstellen. Die Landeshauptstadt ist arm wie eine Kirchenmaus."

„Eben. Und mit Speck fängt man Mäuse", sagte Frau Weber.

„Welche Mäuse haben sie denn damit gefangen?", fragte die Oberbürgermeisterin.

Frau Weber erläuterte: „Na die Presse. Die haben wegen der Turbulenzen in der Grundschule angefragt, ob die Integration misslungen sei."

„Das ist wirklich nicht zu glauben. Aus jeder Mücke machen die einen Elefanten", feixte die Oberbürgermeisterin.

„In dieser Hinsicht kann ich sie beruhigen. In unserer Pressemitteilung steht, dass die Adventsfeier mit einer multikulturellen Katastrophenübung verknüpft war. Die Landeshauptstadt habe kostenlose Masken verteilt, damit alle Familien sich zu Weihnachten schützen können."

Die Oberbürgermeisterin misstraute dem Ganzen. „Das hat ausgereicht, um negative Schlagzeilen zu verhindern?"

Frau Weber bekundete: „Nicht ganz. Ich musste versprechen, dass die nächste Adventsfeier als Friedensfeier deklariert und das Christkind eine Kopfbedeckung tragen wird."

Die Oberbürgermeisterin war empört. „Weberin, das müssen sie wieder zurücknehmen, sonst gibt es einen Volksaufstand."

Frau Weber erinnerte: „Die Mutter Gottes trug doch auch einen Schleier. Oder kennen sie eine Abbildung, auf der Maria offene Haare trägt?"

„Das ist zweitausend Jahre her. Seit dieser Zeit hat sich die Mode verändert", brauste die Oberbürgermeisterin auf.

„Aber steht nicht geschrieben: Selig sind, die Frieden stiften; denn sie werden Gottes Kinder heißen."

# EIN WUNDER FÜR EIN HIMMEL-REICH

Immer, wenn die Dinge unüberschaubar verstrickt waren und sich so zugespitzt hatten, dass ich keinen Ausweg erkennen konnte, hoffte ich auf ein Wunder. Der liebe Gott könnte sich doch auch meiner armen Seele erbarmen und mir einen Wink von oben schicken oder zumindest einen Engel, der mich auf die richtige Spur bringen konnte oder mich festhalten würde, wenn ich in die falsche Richtung lief.

Andere versprachen doch auch alle möglichen Wunder. Die Esoterik hielt ganze Buchreihen zur Lebenshilfe vorrätig, Kartenleger prophezeiten die Zukunft, Astrologen erstellten Tagespläne für das „richtige" Verhalten entlang der Sternenpfade und andere selbst ernannte Heiler führten einen in die Vergangenheit zurück, um das sogenannte Karma besser verstehen zu können, den Lebensauftrag, weshalb jeder von uns auf dieser Erde wandelt.

Der liebe Gott ließ jedoch nichts von sich hören. Es gab kein biblisches Kartenspiel, keine Reise zurück oder nach vorn, es gab nur die Gegenwart, das Hier und Jetzt. Doch etwas war möglich: zu beten. Beten war die direkte Verbindung zum Schöpfer, die Telefonleitung in die himmlischen Sphären, die Begegnung oder der Austausch mit dem Göttlichen. Dafür gab es von der Kirche Gebetsbücher voll mit Psalmen, Anrufungen oder Impulsen zur Meditation. Das tägliche Gebet sollte zur Verinnerlichung beitragen, um das Alltägliche auf das Gott Gewollte zu hinterfragen.

Ich fragte mich, wann ich zum letzten Mal gebetet, meinen Geist ganz auf die göttliche Verbindung konzentrierte hatte. Gebete waren mit zunehmendem Alter verschwunden, hatten sich in der Hektik des Alltags aufgelöst. Früher war das Tischgebet an der Tagesordnung. Zugegeben, als Erwachsener würde man vielleicht anders beten. Die guten

Gaben fielen nicht einfach so vom Himmel, Sie mussten erst erarbeitet werden auf Gottes Erde. Ich jedenfalls war kein Vogel, den Gott ernährte, nein, alles, was ich besaß, war das Ergebnis von Arbeit. Niemand konnte sich heute die notwendigen Dinge aus der Natur besorgen. Natur gehörte einem ja nicht. Sie war zum Besitzstand einzelner natürlicher oder juristischer Personen geworden. Obwohl Gott sie doch für alle Menschen gleichermaßen geschaffen hatte, kostenlos, ohne Steuern, Gebühren oder Abonnement.

Die Menschen hatten sich die Schöpfung im wahrsten Sinn des Wortes angeeignet. Besitztümer waren entstanden, die andere von deren Nutzung ausschlossen. Kämpfe entbrannten nicht nur um das goldene Kalb, sie entfachten auch Gewalt. Der Geist Gottes versank in den Wunden der Verlierenden, im Blut der Besiegten. Eine ungöttliche Ordnung sorgte auch gegenwärtig für Gewaltexzesse in allen Winkeln der Erde.

Vor über zweitausend Jahren wollte Gott dies noch einmal korrigieren, den Menschen sagen: „Mein Reich ist nicht von dieser Welt", „sorge dich nicht um das Morgen, lebe" oder „eher geht ein Kamel durch ein Nadelöhr." Viele wohltuende Worte mit heilender Kraft. Gott kam wieder zurück in die Welt in Gestalt eines kleinen Kindes. Maria, eine unverheiratete Frau, sollte es wie einen Menschen zur Welt bringen. Das war ein Wunder. Gott als Embryo in der Gebärmutter einer ledigen Frau.

Ob es heute dafür den päpstlichen Segen geben würde? Ledige Mütter waren nicht nur im Christentum „gefallene" Mädchen, ein unsäglicher Leidensweg für Frauen: Entsagung, Verachtung, Missbrauch, Diskriminierung, Armut. Die Jungfrau Maria als Ikone der Wiedergeburt der göttlichen Herrschaft wurde von den Nachfahren Jesus Christus durch die Verteufelung der Sexualität, ob vorehelich oder ehelich, als Sünde im Geiste ad absurdum geführt.

Der Anbetung der Gottesmutter Maria hatte dies allerdings nichts anhaben können. Mariengebete gaben und geben vielen Frauen einen großen Halt in bedrohlich erlebten Situationen. Wie viel Rosenkranzgebete erflehten ihren Beistand und sie leistete ihn immer wieder. Mehr noch, sie erschien den Menschen und hinterließ jeweils eine Botschaft. Marienerscheinungen waren und sind Wunder und künden uns an, dass der liebe Gott auf uns ein Auge hat, auch wenn wir manchmal das Gefühl haben, in einer gottesfernen Zeit zu leben.

Vielleicht ist es aber nur die Menschenferne zum Göttlichen, die dafür sorgt, dass die Gewalt in diesen Tagen so aufbricht und die Menschheit bedroht. Vielleicht bleiben Wunder heute aus, weil wir uns von Gott abgewandt haben und nicht Gott von uns. Die Hinwendung zum Erleuchteten kann uns erleuchten. Wir müssen es nur zulassen, sagte etwas in mir, dann geschehen Wunder. Wie heißt es in einem alten Schlager: „Wunder gibt es immer wieder, heute oder morgen werden sie geschehn". Vielleicht liegt in der Adventszeit das Wunder der Gottesnähe vor uns.

Können wir hoffen, dass Wunder wieder geschehen werden, dass Gott die Menschen berührt durch ein einziges Gebet? Wir werden es nicht erfahren, wenn wir es nicht versuchen.

# DIE „FRAUEN VOM HEILIGEN GEIST"

In der Ludwigkirche in Saarbrücken wurde am ersten Weihnachtsfeiertag im Hochamt das Weihnachtsoratorium aufgeführt. Eingeladen waren auch Nonnen aus dem Orden der „Frauen vom Heiligen Geist". Um Zimmer für sie zu buchen, rief der Pfarrer der Innenstadtgemeinde im Hotel Excelsior an. Dort saß der Aushilfsportier Giovanni Calabrese in der Anmeldung. Er war mit der deutschen Sprache nicht gut vertraut und blätterte in der Speisekarte, als das Telefon klingelte. Er hob ab.

„Ist dort der Portier?"

„Hier iste Hotel Excelsior, Giovanni Calabrese am Apparat."

„Ich möchte gerne einen Stock buchen."

„Einen Stock? Bienen fliegen aber wieder erst nächstes Jahr."

„Bienen, was denn für Bienen? ", fragte der Pfarrer.

„Bienen für Stock fliegen erst wieder im Frühling", erklärte der Aushilfsportier.

„Ach so, ich meinte einen ganzen Stock für unsere lieben Frauen vom Heiligen Geist", klärte der Pfarrer auf.

Giovanni Calabrese verstand immer noch nicht: „Stock, ich nicht haben ganzes Stock. Hier iste Hotel Excelsior, nicht Strafanstalt für Frauen."

„Strafanstalt? Wie kommen sie denn darauf?", wunderte sich der Pfarrer.

„Sie wollen doch Stock für Frauen."

„Ich meinte doch keinen Schlagstock, sondern einen Flur", erklärte der Geistliche geduldig.

Giovanni Calabrese verstand das Wort Flur nicht: „Wir keine Wiese für Bienen, wir sind anständiges Hotel, kein Bienenstock. Wir nur Zimmer haben."

„Genau, die Zimmer in einem Flur, einer ganzen Etage oder eines Stockwerkes, ich möchte alle diese Zimmer für die Frauen vom Heiligen Geist buchen."

Giovanni Calabrese war aus Neapel und kannte sich mit vermeintlichen Geistern gut aus.

„Geist kommen nur nachts. Zimmer müssen ganzes Tag gebucht werden."

„Meine Güte, sie verstehen aber gar nichts. Selbstverständlich zahlen wir die normale Zimmerpauschale für einen ganzen Tag. Also können sie mir bitte einen ganzen Stock in der Woche von Heiligabend bis zum zweiten Weihnachtstag buchen?"

„Gut, ich mussen nachschauen." Giovanni Calabrese blätterte im Gästebuch.

„Keine Zimmer frei. Iste Saarbrucker Weihnachtsmarkt."

„Aber der Weihnachtsmarkt endet doch an Heiligabend. Da werden die Zimmer wieder frei."

„Scusi Signore, Zimmer alle gebucht von große Basilika. Großes Geist kommen Heiligabend in Messe."

„Wer hat denn die Zimmer gebucht?"

Der Aushilfsportier blätterte im Weihnachtsprogramm, das auf dem Rezeptionstresen auslag. „Großer Geist von große Basilika. Singt Choro in Messe."

„Hat der große Geist auch einen Namen?", fragte der Pfarrer etwas genervt.

„Ich mussen nachschauen. Messe von Bach gebucht. Ora et labora", entschlüsselte der Portier die Belegung.

„Meinen sie das Weihnachtsoratorium von Bach? Dann hat unser Chorleiter die Zimmer gebucht!", erklärte der Pfarrer.

„Nix Chorleiter, nur für Messe von Bach."

Der Pfarrer begann, sich zu ärgern: „Himmelherrgottnochmal! In der Basilika wird das Weihnachtsoratorium aufgeführt. Aber der Chorleiter hat nur für die vier Solisten gebucht und nicht das ganze Hotel beschlagnahmt."

Giovanni Calabrese war etwas beleidigt: „Ich mussen nachschauen. Gut, iste Zimmer frei in zweite Etage und dritte Etage."

„Die Zimmer müssen aber alle in einem Flur sein", mahnte der Pfarrer an.

Giovanni Calabrese meinte, verstanden zu haben: „Verstehe, Geist kommen doch in Nacht."

„Jetzt hören sie mal gut zu. Die lieben Frauen vom Heiligen Geist sind Nonnen, für die gilt tatsächlich ora et labora. Deshalb dürfen die auch nicht gestört werden", versuchte der Pfarrer, die Situation zu bereinigen.

„Verstehe, bringen eigenes Geist mit für Nacht, ora et labora." Giovanni Calabrese sah die Geister schon vor sich.

„Also können sie die anderen Zimmer umbuchen, damit ein ganzer Flur frei wird?", wollte der Pfarrer wissen.

Giovanni Calabrese war pikiert, wollte jedoch seinen Pflichten nachkommen: „Ich mussen nachfragen, ob Bienen nicht mehr da. Sollen ich buchen für Platz am Bach?"

„Ja, tun sie das bitte", bat der Pfarrer.

Giovanni Calabrese sagte in bester Absicht: „Gut, dann ich fragen nach bei Stadt."

Beide legten auf. Der Pfarrer trank ein Glas Rotwein, schaute auf das Kreuz in seinem Büro und sagte: „Gottseidank. Ich hab schon befürchtet, dass wir ein Zelt aufbauen müssen."

Nach kurzer Zeit klingelte das Telefon, der Pfarrer hob ab: „Hat es geklappt?"

Giovanni Calabrese freute sich, die gute Nachricht überbringen zu können: „Ja, alle Stöcke in Flurwiese am Staden an der Saar sind frei. Kein Bienenflug mehr. Nonnenfrauen können dort ganze Nacht heiligen Geist empfangen, Stock für Stock. Feuer machen ist aber verboten."

# VERBORGENE WINTERWELT AM KÖLLERBACH

**R**eif liegt über der Köllertalaue wie Puderzucker. Leeres Gezweig schimmert im Morgenlicht wie Schneebeerenranken. Ich nehme den Rückweg von der Ablieferung meines Autos zur Inspektion über den Pfad am Köllerbach. Er führt hinter der Gewerbeansiedlung am Ortsausgang Etzenhofen zurück ins Dorf.

Es ist kalt geworden, doch die ungarischen Steppenrinder kauern inmitten der weiß überhauchten Graslandschaft friedlich im Kreis. Sie nicken mir sichtlich zufrieden zu und schnaufen kräftig. Aus ihren Nüstern steigen Dampf-Geysire in die Luft. Ihre weißen Körper lagern wie Eisberge im Wiesenfrost. Im Unterstand dunstet Wärme aus dem Dung gegen das Dach. Die zurück gebliebenen Kleinvögel hüpfen auf den Hinterlassenschaften der tierischen Landschaftspfleger, als tanzten sie einen Winterreigen.

Der Köllerbach fließt träge, bis er über eine Steininsel im Bachbett springt, die sich während des Sommers angesammelt hat. Kleine Stromschnellen rauschen. Gehölz ragt von beiden Seiten über das Fließgewässer zu einer fast geschlossenen, für Menschen undurchdringbaren Gestrüpp-Allee, vieles scheint verbuscht. Der Rad- und Wanderweg, umsäumt von Bäumen und Sträuchern, birgt entlang des Bachlaufs geheimnisvolle Tierlaute. Ich finde mich in einer verborgenen Welt wieder, umfangen von wilden, magischen Naturausdrücken. Es krabbelt, raschelt, huscht, knarzt und ächzt. Wildenten ziehen eine Bahn. Die Wasservögel schwimmen wie kleine Trauerschwänchen aufgeteilt in zwei Gruppen um die Hindernisse aus Geröll, im Schlepptau strudelnde Wasserperlen.

Ist es ein Eisvogel, der sich in den Köllerbach stürzt oder wirft jemand einen Stein ins Wasser? Es titscht. Hinter den

Dornenhecken reißt jemand am Reisig der Sträucher. Ein Fuchs, ein Dachs, ein Marder oder etwa ein Biber? Ein scharfer Flügelschlag, ein Wasservogel fliegt auf, andere folgen. In der mystischen Stille hallt das Echo der Vogelschreie schaurig, verkehlt und aufgeregt. Auf dem harten Boden krachen selbst meine vorsichtigen Schritte geräuschvoll in die Stille.

Ich verlasse das Köllerpfädchen und gehe hinauf auf die Verkehrsstraße des Wohnviertels. Die winterliche Morgenwanderung führt mich an einem Blumengeschäft vorbei. Weihnachtssterngestecke in weiß und rot präsentieren die floralen Kunstfertigkeiten der Naturwerkstatt. Über dem Eingang blinkt eine gelbe Lichterkette, in bunt verglasten Windlichtgefäßen flackern Kerzen. Eine vertraute Atmosphäre breitet sich aus. Es ist Advent.

Während ich die Anhöhe am Kelterhaus besteige, kreisen Raben über der Straßenbeleuchtung und kreischen. Sie folgen mir über die Hauptverkehrsstraße auf die andere Seite und weiter über den Treppenaufgang hinauf zum Parkplatz der Tierklinik. Dort lassen sie sich auf den leuchtenden Laternen nieder. Die Tierklinik öffnet gerade die Pforten. Vor dem Eingang warten bereits mehrere Tierliebhaber mit ihren kranken Schützlingen.

Ich muss mich nur noch den steilen Stich bis zu unserem Haus hinauf mühen. Dann ist es geschafft und ich kann mich wieder aufwärmen. Vielleicht sollte ich angesichts der Kälte die Inspektion beim nächsten Mal im Herbst angehen oder den Fußweg zurück über die Hauptverkehrsstraße nehmen. Doch ich verwerfe den Gedanken wieder. Die geheimnisvolle Winterwelt am Köllerbach und die kleine Kolonie der Steppenrinder gehen mir nicht mehr aus dem Kopf.

# SKIZIRKUS IN SANKT MORITZ

In der Notrufzentrale saß Wachtmeister Meyer mit einem Schal um den Hals und einer Wollmütze auf dem Kopf. Auf dem Schreibtisch stand ein Adventskranz. Er blätterte in einer Zeitung. Es klingelte. Wachtmeister Meyer hob ab: „Hallo, hier spricht Wachtmeister Meyer. Was kann ich für Sie tun?"

Eine aufgeregte Anruferin meldete sich: „Ich möchte einen Unfall melden."

Wachtmeister Meyer erkundigte sich: „Was für einen Unfall?"

Die Anruferin erklärte: „Mein Mann ist mit dem Schlitten falsch abgebogen und hat sich um einen Tannenbaum gewickelt."

Wachtmeister Meyer bezweifelte: „Um einen Tannenbaum gewickelt? Wie geht denn so etwas?"

„Der Schlitten hat ihn abgeworfen, er rutschte den Abhang hinunter und konnte sich mit den Armen gerade noch an einem Tannenbaum festhalten", erklärte die Anruferin jetzt ausführlich.

„Ach so, ein Wintersportunfall", resümierte Wachtmeister Meyer. „Da müssen sie die Bergwacht rufen. Dafür sind wir nicht zuständig."

„Wie nicht zuständig? Auf dem Skipass steht aber für den Notfall ihre Nummer drauf", staunte die Anruferin.

„Richtig, im Notfall. Ihr Mann ist aber nicht Ski gefahren, sondern auf einem Schlitten den Berg heruntergerutscht. Dafür sind wir nicht zuständig", bestätigte Wachtmeister Meyer.

Die Anruferin begann, hysterisch zu werden: „Was, nicht zuständig? Mein Mann kann jeden Moment vom Tannenbaum fallen. Er braucht dringend Hilfe."

Wachtmeister Meyer entgegnete: „Wenn sie gegen die Fisregeln verstoßen, ist nicht die Notrufzentrale zuständig, sondern die Bergpolizei."

Die Anruferin war empört. „Jetzt hören sie mal, mein Mann schwebt wahrscheinlich in Lebensgefahr an einem Tannenbaum am Abhang und sie sagen, ich soll die Bergpolizei rufen. Sind sie noch zu retten?"

Wachtmeister Meyer meinte nun lapidar: „Mich braucht man nicht zu retten, weil ich auf einer Skipiste keinen Schlitten fahre."

Die Anruferin empörte sich weiter und sagte aufbrausend: „Fisregeln hin, Fisregeln her. Wenn sie nicht kommen, rufe ich bei der Presse an und sage denen, dass sie sich weigern, Touristen zu retten."

Wachtmeister Meyer spöttelte: „Und wer rettet uns vor solchen Touristen wie Ihnen. Die Notrufzentrale ist nur für Skifahrer zuständig. Sonst würde es Schlittenpass heißen und nicht Skipass."

„Das ist doch ganz egal wie das heißt. Wenn er Snowboard gefahren wäre, würden sie dann auch nicht kommen?"

Wachtmeister Meyer antwortete weiterhin lapidar: „Ein Snowboard ist auch ein Brett. Snowboarder sind einbeinige Skifahrer."

Die Anruferin erklärte nun bestimmend: „Und Schlittenfahrer sind vierbeinige Skifahrer. Der Schlitten ist schließlich auch aus Holz."

„Aber die Abfahrtspisten sind für Schlitten nicht geeignet. Das ist verboten. Schauen sie mal in der Pistenbeschreibung nach, ob da ein Schlitten aufgemalt ist", meinte Wachtmeister Meyer.

Die Anruferin verzweifelte langsam: „Wo soll ich denn jetzt eine Pistenbeschreibung herbekommen?"

Wachtmeister Meyer versuchte, sie zu beruhigen: „Ich hab doch gesagt, dass sie die Bergwacht anrufen sollen. Die können Ihnen genau sagen, was auf der Piste erlaubt ist."

Die Anruferin stichelte: „Kommen die auch, um zu helfen oder sind die wie sie dazu da, harmlose Touristen zu erschrecken?"

Jetzt empörte sich Wachtmeister Meyer: „Ich muss doch sehr bitten. Ich kann doch nichts dafür, dass ihr Mann so unerschrocken ist, eine Abfahrt mit dem Schlitten hinunterfahren. Also rufen sie jetzt die Bergwacht an oder nicht?"

Die Anruferin flehte: „Mein Mann hat bald keine Kraft mehr."

Wachtmeister Meyer sagte ironisch: „Jetzt müssen sie sich aber mal entscheiden. Wollen sie, dass ihr Mann gerettet wird und die Bergwacht anrufen oder mit mir über die Fisregeln diskutieren?"

Die Anruferin schrie aufgebracht: „Sie haben doch mit den Fisregeln angefangen. Wer denkt in so einer Situation schon an die Fisregeln, wo die doch ohnehin niemand beachtet."

Der Wachtmeister Meyer antwortete jetzt im Verhörton: „Wollen sie damit sagen, dass sie sich weigern, die vorgegebenen Bestimmungen einzuhalten? Im Straßenverkehr können sie auch nicht einfach hin und herfahren, wie sie wollen."

Die Anruferin erwiderte: „Genau, die Regeln sind mir ganz egal. Es geht jetzt nur um die Rettung meines Mannes."

Wachtmeister Meyer fasste zusammen: „Warum sagen sie nicht gleich, dass sie sich wegen Verstoßes gegen die Verhaltensregeln des internationalen Skiverbandes anzeigen möchten. Dann kann ich jetzt die Bergwacht und die Bergpolizei informieren. Die kommen sofort mit einem Hubschrauber. Also, wo befindet sich denn ihr Mann?"

Die Anruferin antwortete: „Auf dem Übungsgelände der Skischule in Sankt Moritz."

Wachtmeister Meyer fragte überrascht: „Übungsgelände? Ich denke, es geht um eine Skipiste?"

Die Anruferin bestätigte: „Geht es ja auch, die Skipiste des Übungsgeländes an der Via Salastrains."

Wachtmeister Meyer war ratlos: „Aber da gibt es keine Abhänge."

„Doch, der Hügel an der Rodelbahn", erklärte die Anruferin.

Wachtmeister Meyer war erstaunt: „Aber das ist der Kinderskizirkus!"

Die Anruferin bestätigte wieder: „Genau. Und da ist mein Mann an der Rodelbahn falsch abgebogen und auf die Piste gekommen, wo der Tannenbaum steht."

Wachtmeister Meyer rätselte: „Sagen sie mal, deshalb soll jetzt die Rettung kommen, um auf einem Übungshügel jemand vom Tannenbaum abzuseilen, wo doch jedes Kind von diesem Tannenbaum herunterspringen kann?"

Die Anruferin meinte spitzbübisch: „Ja, weil ich mit meinem Mann gewettet habe, dass ich schneller einen Hubschrauber organisieren kann als er vom Tannenbaum heruntergeklettert ist."

Wachtmeister Meyer fragte: „Und was war der Einsatz?"

Die Anruferin lachte: „Eine kostenlose Rundfahrt mit dem Rettungshubschrauber über Sankt Moritz."

# ALLEZEIT WEIHNACHTEN

Damals zu der Zeit, als die Jungfrau Maria schwanger wurde, gab es noch keine Gesetze, die nichtehelichen Kindern die Zugehörigkeit der väterlichen Abstammung verweigerte, sie zu illegitimen Verwandten degradierte oder gar als rechtlose Bastarde brandmarkten. Diese Zeit der Diskriminierung nichtehelicher Kinder ist mit dem vorigen Jahrtausend vergangen. Heute gibt es in unserem Land Gentests, das Recht des Kindes, seine genetischen Eltern zu kennen, Erbrecht für alle Kinder, ob adoptiert, künstlich befruchtet, alleinerzogen oder sonst wie anders geboren und aufgewachsen. Es gibt bei uns den Anspruch auf Unterhalt, Kindergeld und Waisenrente. Heute ist alles geregelt. Auch die Kinderlosigkeit. Sie ist weit verbreitet.

Damals nahm Josef seine Maria in sein Haus auf und begründete damit nach damaliger Sitte eine Familie mit ihr. Josef nahm ein Weib an, das er selbst nicht begattet hatte. Ein heiliger Geist war ihm zuvorgekommen. Es war kein anderer als eben der Schöpfer dieser Welt, der ihm kundtat, dass er für die Neugeburt des Göttlichen Josefs Anvertraute ausgesucht hatte. In den Zeiten des Absolutismus ahmten ihn die Fürsten und alle Herrschenden über Leibeigene nach. Sie nahmen sich das Recht, die Hochzeitsnacht mit der Braut des Leibeigenen zu verbringen. Heute tun es fast alle schon lange vor der Heirat. In der eigenen oder gemeinsamen Wohnung, in Hotels, auf Parkbänken, im Wald, im Auto, im Fahrstuhl, auf der Toilette und wer weiß wo noch überall. Die Entjungferung ist kein heiliger Akt, der das Göttliche der natürlichen Ordnung erlebbar machen würde. Sie ist eine Lebenserfahrung junger Teenager, über die man in der Peergroup diskutiert, ob die angewandten Sexualpraktiken auch lustvoll waren und zum Höhepunkt führten.

Josef war ein Handwerker, ein Zimmermann, kein Gelehrter oder gar Herrscher. Er hatte keinen besonderen Status, keinen Doktortitel, keine Macht über andere. Er war nur ein junger Mann, der eine junge Frau liebte. Von diesem Mann forderte der Schöpfer der Welt, dass er die geliebte Frau nach damaliger Sitte heiraten sollte, weil sie schwanger war, zwar nicht durch einen körperlichen Liebesakt, sondern durch seinen Geist und Willen. Die göttliche Botschaft ließ er von einem Engel überbringen. Das zweite Wunder, einem Engel wahrhaftig zu begegnen, hatte er diesem Zimmermann zugedacht. Er traute ihm zu, dass seine Liebe für Maria die vermeintliche Schmach aushalten und überstehen würde. Und Josef leistete Beistand, gab dieser jungen schwangeren Frau Schutz vor der Gesellschaft.

Im ersten Jahrtausend waren solche einfachen Leute gar nicht heiratsfähig. Sie gründeten ein Konkubinat, in dem sie einfach zusammenzogen, eine Gemeinschaft auf Zeit bildeten. Im vorigen Jahrtausend war der Zugang zur Ehe genau geregelt. Man heiratete immer Menschen aus der gleichen gesellschaftlichen Schicht. Auch heute gibt es noch europäische Länder (z.B. Frankreich), die ein Ehefähigkeitszeugnis verlangen, um eine rechtsgültige Ehe schließen zu können. Damals gab es viele nichteheliche Kinder, die in irgendwelchen Klöstern oder bei Fremden aufwuchsen, um die wahre Herkunft zu verschleiern. Denn eine schwangere Frau, die nicht geheiratet wurde, war ein gefallenes Mädchen, eine Unzüchtige, die in eine Besserungsanstalt gebracht wurde, um ihr im Namen Gottes die Liebe auszutreiben. Heute wird oft erst geheiratet, wenn das Kind so groß ist, dass es den Hochzeitsschleier seiner Mutter tragen kann oder überhaupt nicht. Nichteheliche Lebensgemeinschaften sind den ehelichen im wirtschaftlichen Sinn fast gleichgestellt. Heute werden gleichviele eheliche wie nichteheliche Kinder geboren.

Mit der Bitte, die er an Josef richtete, sich nicht zu fürchten und Maria zu sich zu nehmen, gab er auch zu verstehen, dass alle Frauen, welche neues Leben in sich tragen, ob verheiratet oder nicht, auserwählt sind, menschliches Leben weiterzugeben zum Fortbestand der Menschheit. Gott suchte keine verheiratete Frau aus, denn es wäre nicht aufgefallen, dass diese Schwangerschaft nicht vom Ehegatten herrührte. Niemand hätte an einen heiligen Geist geglaubt. Das göttliche Erbgut konnte nur von einer jungen, ledigen Frau empfangen werden. Nur sie war nach damaliger Sitte rein und keusch. Hätte Gott geahnt, dass die von ihm ausgesuchten und ihm nachfolgenden Priester, denen er aufgetragen hatte, eine Kirche zu bauen, nichteheliche Mütter als Sünderinnen demütigen, der Diskriminierung und gesellschaftlichen Missachtung und Misshandlung preisgeben würden, hätte er womöglich keine Jünger und Apostel ausgewählt, sondern Jüngerinnen und Apostelinnen.

Wäre Maria heute schwanger geworden und hätte ein nichteheliches Kind geboren, müsste die junge Mutter dem Arbeitsmarkt zur Verfügung stehen, damit sie einen Anspruch auf Elterngeld hätte. Die Verweigerung der Berufstätigkeit würde durch die Aberkennung des Elterngeldes sanktioniert werden. Ob sie nun einen Josef an ihrer Seite hätte oder nicht begäbe sich eine Mutter, die ihr Kind selbst erziehen wollte, auf die Seite wirtschaftlicher Not und Verarmung und unterzöge sich damit auch noch dem Generalverdacht, sich selbst nur ein schönes Leben gönnen zu wollen bzw. ihr Kind durch die eigene Erziehung systematisch zu benachteiligen oder gar zu vernachlässigen. Die Herbergssuche gleicht so gesehen heute dem Gang zum Sozialamt.

Die Weihnachtsgeschichte bedeutet auch, dass die Geburt eines jeden Kindes über das geltende Recht, über die Sittenlehre der jeweiligen Zeit hinausweist. Die Schöpfung jeden Lebens ist immer ein gesegneter Akt, denn sie folgt der natürlichen, von Gott gegebenen Ordnung. Jede Geburt vollzieht den göttlichen Willen der Schöpfung. So gesehen ist Weihnachten überall zu jeder Zeit auf unserer Erde, alle Tage, alle Stunden, alle Minuten, kurzum Allezeit, in der neues Leben zur Welt kommt.

# GANS ODER GAR NICHT

In der vierten Adventswoche herrschte Hochbetrieb in der Dorfmetzgerei. Fast ununterbrochen war Betrieb. Da freute sich die gestresste Verkäuferin auf eine fünfminütige Pause und ging in den Aufenthaltsraum, um einen Kaffee zu trinken. Doch daraus wurde nichts. Ein Kunde kam hereingestürzt. Er räusperte sich, um auf sich aufmerksam zu machen. Dann sagte er sehr laut: „Guten Tag." Er schlug auf die Glocke, die auf der Theke stand und rief: „Ich hätte gerne Gans zu Weihnachten."

Die Verkäuferin stürmte herein: „Guten Tag. Ja, bitte, was möchten sie haben?"

Der ältere Kunde mit Hut und Krawatte sagte: „Ich hätte gerne Gans zu Weihnachten."

„Sie hätten die Ware gerne ganz, nicht in Stückchen?" staunte die Verkäuferin.

Der Kunde war verdutzt. „Nein. Das Ganze natürlich."

„Aha, etwas Ganzes?" sagte die Verkäuferin.

„Selbstverständlich, das Ganze ganz, was denn sonst!", empörte sich der Herr.

„Es könnte ja sein, dass sie ein halbes Ganzes möchten", versuchte die Verkäuferin, den Kundenwunsch zu klären.

„Aber ich habe gesagt, dass ich das Ganze ganz möchte", echauffierte sich der Kunde.

„Ah ja. Also ganz ganz und nicht halb ganz? Von was hätten sie denn gerne ein Ganzes?" bemühte sich die Verkäuferin nochmals um Klärung.

„Das sagte ich doch bereits, Gans zu Weihnachten." Der Kunde wurde immer ärgerlicher.

Die Verkäuferin dachte, nun gut, der Kunde ist König. Auf ein Neues. „Bitte, ich verstehe nicht, was sie meinen. Was ist denn ein ganzes Ganz?"

„Was ist daran nicht zu verstehen, spreche ich chinesisch?" Der Ton erinnerte sie an den Schuldirektor, der sie als

Schülerin häufiger zusammenstauchte. Dies rief ungute Erinnerungen an ihre Schulzeit wach. „Nein, sie sprechen deutsch, aber etwas unverständlich möchte ich sagen. Wie sieht das ganze Ganz denn aus, können sie es wenigstens beschreiben?"

„Na, es hat zwei Flügel und wenn es taucht, streckt es das Schwänzchen in die Höh?", stammelte der Herr.

„Aha, sie möchten also alles davon, Flügel und Schwänzchen?", fragte die Verkäuferin nach.

Der Herr mit Hut fand dies nicht gerade lustig. „Wollen sie mich auf den Arm nehmen?"

Was erlaubt der sich eigentlich, fragte sich die Verkäuferin. „Also bitte, sie sind mir ganz zu schwer."

„Was, das Ganze ist zu schwer?" rätselte jetzt der Kunde.

„Nein, sie sind mir als Ganzes zu schwer."

„So so. Das ist ihr Problem. Ich kann nichts dafür, wenn sie so schwach auf den Rippen sind. Also bitte, ich möchte alles ganz haben", bedrängte der Kunde die Verkäuferin weiter.

Das fand die Verkäuferin sehr uncharmant. „Also die Flügel und ein Schwänzchen. Von welchem Ganzen stammen die Teile denn ab?"

Der Kunde fühlte sich nun tatsächlich auf die Schippe genommen. „Sie reden ja so, als ob ich eine Maschine wollte. Flügel und Schwänzchen gehören zu einem organischen Ganzen. Wenn man es richtig zubereitet, könnte man glatt mit ihr davonfliegen."

„Sie möchten eine organische Flugmaschine?" fragte die Verkäuferin ungläubig nach.

„Na hören sie mal, wer brät sich schon zu Weihnachten eine Flugmaschine", erwiderte der Herr mit Hut.

„Ich weiß es nicht, ich möchte ja keine. Vielleicht kann es ja auch ein Rentier sein, ein fliegendes vielleicht? Allerdings ohne Flügel. Mit dem Schwänzchen müsste ich vorher den Nikolaus fragen." Auch der Ton der Verkäuferin wurde immer bissiger. „Rentiere fliegen nicht, um Himmels willen. Sie dumme Gans", herrschte der Kunde sie an.

„Also bitte, ich muss mich nicht von Ihnen beleidigen lassen. Nur, weil sie nicht wissen, was sie wollen", regte sich die Verkäuferin auf.

„Aber ich habe doch gesagt, dass ich Gans möchte", entfuhr es dem verzweifelten Kunden.

„Aha, da ist es wieder, ganz und gar nicht. Beschimpfen sie mich bloß nicht wieder als dumme Gans, sie ausgewachsener Flegel, sie!", entgegnete sie jetzt.

„Ja soll ich etwa noch schöner weißer Vogel zu ihnen sagen, sie Nebelkrähe!", schimpfte der Kunde ungeniert.

„Nun ist es aber genug, sie durchgefallener Flugschüler", empörte sich die Verkäuferin beleidigt.

„Sie können gleich sonst wohin fliegen, sie dumme Pute." Die Verunglimpfungen nahmen kein Ende.

Das war endgültig zu viel für Verkäuferin, die es eigentlich nur gemeint hatte. „Was, dumme Pute? Das geht entschieden zu weit, das muss ich mir von ihnen nicht sagen lassen, sie Flügel gestutztes Rentier, sie Hornochse sie. Jetzt habe ich genug von Leuten, die wie die Aasgeier vor meiner Theke kreisen. Fliegen sie doch davon!"

Der Kunde schrie: „Und ich habe genug von ihrem Schwanengesang, Sie ungezogener schwarzer Vogel, sie Nachteule, sie. Hören sie mal, wenn sie sich weiter so dumm anstellen, möchte ich den Inhaber sprechen!"

„Als Ganzes oder als Halbes?" ereiferte sich die Verkäuferin.

# BAD HOFGASTEIN

27.12.2000

Radon ist das Edelmetall, das die Münzen hier zum Klingen bringt und all jenen, die sie ausgeben, Regeneration verspricht. Nach vier Jahren bin ich wieder hier, hier in Bad Hofgastein. Mir scheint, dass sich nichts verändert hat. Die Berge glänzen in der Sonne und das Kurzentrum behütet nach wie vor seine Ruhe. Die Stätte der Gesundheitspflege zieht immer noch mehr ältere als jüngere Jahrgänge an.

Bad Hofgastein umwirbt an diesem späten Vormittag ein warmes Licht, das auf seine Besucher ausstrahlt. Die Pensionen, Kurhotels und Therapiezentren sind weihnachtlich hergerichtet. Der Schmuck der Fassaden verschönert das ohnehin malerische Straßenbild. Auch die Privathäuser sind gepflegt. Man findet nur wenig Nachlässiges in den Seitengassen. Es ist nicht überall Erste Klasse, aber fraglos mittelständisch. Hier könnte man sein Alter zubringen, nichts regt auf. Ob dies allerdings dauerhaft zum Wohlbefinden beiträgt, weiß ich nicht. In dieser Ruhe könnte man auch lebendig begraben sein. Das Panorama ist traumhaft. Der Tourismus hat ihm nichts anhaben können. Der Tourismus hat es mitgeschaffen. Ob er es auch irgendwann wieder zerstört? Was bliebe zurück, wenn die Gäste ausblieben? Was bleibt zurück, wenn die Gäste weiterhin kommen?

Hier sagt man ,Grüß Gott' und obwohl ich diesen Gruß zuletzt vor über dreißig Jahren dem Pastor und der Schwester meiner Gemeinde entbot, kommt er ganz natürlich über meine Lippen. Mir ist, als wäre die Zeit stehen geblieben, die Tradition ungebrochen, zumindest vordergründig. Österreich, das Land der Könige und Kaiser, der Sissi und der Donaumonarchie. Wie viele Klischees liegen in diesen Grenzen und wie viel Ungesagtes frisst hinter den Fenstern die Seelen auf? Regt sich etwas hier, seit dem Haider die Menschen im In- und Ausland verschreckte? Ich bemerke nichts davon. Die

Suche nach Erholung ist unpolitisch. Ich nehme die Eindrücke dieses Ortes ohne Blessuren auf, sie tun mir gut.

Das Licht, das vom Stubnerkogel aus die Wolken durchdringt, scheint bis in die letzten Winkel. Es überfällt auch mich und zaubert eine Freude, die alles Bedenkliche aus dem Augenblick verbannt. Dies ist eine Wohltat, kann ich doch sonst meist nur die Schatten wahrnehmen, das Graue, das auch Schönes trübt. Angesichts dieses Gefühls beschließe ich, mich ganz der Frische der Bergluft hinzugeben, frei zu atmen und Kraft aufzunehmen, die mir wohl bald wieder fehlen wird. Auch wenn mein Kreislauf des Öfteren streikt, stört mich dies nicht. Die Ruhepausen schenken mir Zeit, mit Muße in den Himmel zu schauen.

In der Fußgängerzone begegnet man dem Aufmarsch der Nerzmäntel. Man spricht italienisch. Das Gediegene der gut Betuchten durchbrechen die Skifahrer, die Sportlichen, Lässigen. Es ist bunt und das ist gut so. Und während ich mit meiner Kamera die Gegenwart festhalte, nähert sich die Mittagszeit mit dem Geruch feiner Speisen. Ich sollte mir eine Pause gönnen und meiner Nase das Sagen überlassen.


28.12.2000

In der Nacht hat es geschneit und um sechs Uhr in der Frühe regt sich schon das Leben. Laternenlicht ruht auf dem Kirchenplatz und leuchtet die angrenzenden Straßen aus. Es ist still und so schallt jedes Geräusch in die Höhe. Jemand geht mit seinem Hund Gassi, das Räumfahrzeug drückt den Schnee von der Straße, einige eilen bereits davon.

Den Neuschnee zeichnen bald Spuren menschlicher Gesellschaft. Als ich um zehn Uhr das Hotel verlasse, sind bereits viele auf den Beinen. Ich habe den Eindruck, dass neue Gäste angekommen sind, so viele Menschen sind in der

Fußgängerzone anzutreffen. Der Schnee rieselt in wässrigen Flocken und ich schlage meine Kapuze über den Kopf.

„Es sind doch Deutsche da", sagt eine Österreicherin zu ihrem Begleiter. Mit deutschen Gästen hat man wohl weniger gerechnet und wundert sich nun, dass einige sich nicht haben abschrecken lassen. Gesprochen wird überwiegend Weanerisch, ansonsten hört man italienisch, englisch und russisch. Heute gehe ich über die Kurpromenade, vorbei an der Gemeindeverwaltung und dann ins Kongresszentrum. Ich erkundige mich über die abendliche Rodelfahrt und setze mich anschließend in den Lesesaal.

In den Salzburger Nachrichten steht ein Artikel über die Suche nach qualifizierten Internet-Spezialisten in Österreich. Die Schwierigkeit läge darin, dass Österreich kein Einwanderungsland sei und man der globalen Marktentwicklung hinterherrenne. Die Frage, ob Spezialisten wohl nach Österreich kommen würden, wird mit einem Vergleich deutscher Ausländerfeindlichkeit beantwortet. In Deutschland würden ausländische Arbeitnehmer auf der Straße angegriffen, dies geschehe in Österreich nicht. Und weiter berichtet man von Zollfahndungen nach deutschen Rindfleischimporten. Offensichtlich ist die Presse nicht gut auf Deutschland zu sprechen. Der Boykott hat lesbare Spuren hinterlassen. Der Lesesaal ist gut besetzt und da keine andere Zeitung mehr frei ist, mache ich mich wieder auf den Weg. Diesmal will ich mir die Schlossalmbahn ansehen, eine Standseilbahn.

Die Skifahrer bevölkern die Wartezone und wenig später kommt sie angefahren, die Seilzugbahn. Wie viele Personen sie wohl fasst, frag ich mich und ich muss an das Unglück am Kitzsteinhorn denken. Ob man in diesem Gefährt überleben würde, sollten die Seile reißen? Wohl kaum. Ich habe gesehen, was ich sehen wollte und spaziere in Richtung Kurpark. Es ist diesig, die Schneewolken hängen tief ins Tal und die Sonne lässt auf sich warten. Dennoch gerate ich in eine Schneelandschaft, die ich seit längerer Zeit so nicht mehr gesehen habe. Der Kurteich ist leicht übergefroren, einzelne

Sträucher stechen aus der Eisschicht. Der Schnee hat weiße Kugeln daraus geformt, Wattebälle, deren Anordnung rein zufällig ist. Am Ende des Teichs ist die Wasseroberfläche noch offen. Wildenten tauchen darin herum und hüpfen auf die dünne Eishaut. Auf großen alten Tannen liegt der Schnee handbreit auf. Bei leichten Windstößen fällt er hin und wieder zu Boden, eine Winterwelt, geeignet für ein Postkartenbild. Nur die Sicht ist durch den Dunst stark getrübt.

Die Hänge des Kreuzkogels sind weiß verhüllt, einige Berghütten sind zu sehen, die Schwaden ziehen an ihnen vorbei. Ich laufe die Wiener Allee hinunter, die 1985 den Wiener Besuchern gewidmet wurde. Die Gasteiner Ache säumen auf der anderen Seite Wohnhäuser. Von deren Fenstern aus muss man eine schöne Aussicht auf den Kurpark haben. An der 1936 erbauten Achenbrücke verlasse ich den Wanderweg und laufe in den Ort, der sich Hundsdorf nennt. Hier ist es weniger feudal, aber immer noch ansehnlich. Mir scheint, die ortsansässigen Hofgasteiner sind eher in diesem Viertel zu finden. Doch die Zeit, mich auf ein Gespräch einzulassen, bleibt nicht. Meine Jacke ist vom Schnee schon durchnässt und ich muss zurück, bevor ich mich erkälte und mir einen Schnupfen hole.


29.12.2000

Es ist Freitag. Mein Weg führt mich wieder ins Ortszentrum. Ich suche das Hotel Alpina, das ein eigenes Hallenbad vorweist. Ursprünglich wollten wir in dieses Hotel. Es war jedoch ausgebucht.

Vom Zentrum der Ortsmitte aus gelange ich in wenigen Minuten an das Haus, dessen Thermeneinheit von außen sichtbar ist. Ein Glaspavillon gewährt Einblick auf Kurgäste, die sichtlich entspannt auf Liegen die Zeit genießen. Der Eingang liegt auf der anderen Straßenseite. Auch er ist mit Tannengirlanden umrankt, wirkt weniger feudal, aber dennoch einladend. Das Hotel muss viele Gäste aufnehmen können, so groß wie seine Ausmaße sind. Ich bedaure für einen Moment, dass keine Zimmer mehr frei waren und wandere wieder über Seitenstraßen zurück in die Fußgängerzone.

Im Lesesaal kann ich diesmal die Frankfurter Zeitung erhaschen. Es ist weniger Betrieb und so setze ich mich an ein Fenster mit Ausblick. Das Weltgeschehen ist nicht ermutigend. Dieser Jahreswechsel lässt nicht viel Gutes zurück. Während ich einen Artikel des Vorsitzenden der Bundesärztekammer zur Embryonenforschung lese, spricht mich eine etwa achtzigjährige, sehr gepflegte Dame an.

„Sie haben die Frankfurter Zeitung! Ich komme extra wegen dieser Zeitung her. Könnte ich sie nach ihnen bekommen? Ich sitze da hinten am Fenster, sehen sie. Aber lassen sie sich ruhig Zeit, meine Tochter kocht heute, da kann ich warten. Wir haben hier keine so gute Zeitung wie diese, mein Kompliment." Sie versichert mir weiter, warten zu können, ich soll in Ruhe zu Ende lesen. Dann geht sie zu ihrem Fensterplatz zurück. Jetzt fällt es mir schwer, konzentriert weiter zu lesen. Ich muss den Artikel zweimal lesen. Meine Einstellung zur Embryonenforschung ändert sich nicht. Es ist jedoch beruhigend zu wissen, dass auch Mediziner das Klonen von embryonalen Stammzellen aus rein wissenschaftlichen Gründen ablehnen. Die Forschung beansprucht lediglich die sogenannten überzähligen Embryonen aus künstlichen Befruchtungen, da diese ohnehin getötet werden müssten. Stimmungsaufhellend ist dies alles nicht. So überfliege ich das Feuilleton und bringe der netten Hofgasteinerin das lang ersehnte Journal.

Ich bummele durch die Einkaufsstraße und gehe in ein Sportgeschäft, da ich seit längerer Zeit gerne einen typisch alpinen Strickpullover kaufen will. Ich hoffe, dort ein zu mir passendes Teil zu finden. Und tatsächlich, ich habe Glück. Voller Freude verlasse ich die Einkaufsstätte und mache mich auf die Suche nach weiteren Mitbringseln.

30.12. 2000

Der Tagesbeginn überrascht mit Neuschnee. Dieser Schnee ist nicht wässrig. Er hat sich über das gesamte Stadtbild gelegt und übertrifft meine Vorstellungen von Winter. Ich muss die Kamera holen und filmen. Dies muss ich aufbewahren für weniger schöne Zeiten. Wieder kommen mir Bilder aus vergangenen Zeiten vor Augen. Damals, als ich noch keine Überlegungen zum Leben und Überleben anstellen musste, als ich noch mit großen Augen alles um mich herum ohne Reflexion aufnehmen konnte und die Natur abmalen wollte. Dieses Verlangen packt mich auch jetzt, ein Bild zu malen von diesem Wunder an Natur. Es ist außergewöhnlich schön und ich bedaure, dass meine Tage schon vorüber sind.

Die Sonne blinzelt am Horizont, wir haben Kaiserwetter. Ein rund herum schöner Tag erwartet mich und das letzte, was ich von diesem Ort mitnehme, ist die Vergegenwärtigung, dass es doch noch Winter gibt. Das weiße Kleid der Landschaft schimmert und glitzert. Die Straßen sind vollkommen weiß, der Verkehr ist erlahmt. Die Spaziergänger setzen bedächtig einen Schritt vor den anderen.

Heute muss man Zeit aufbringen und Zeit ist das einzige, was mir jetzt fehlt. Ich weiß, irgendwann komme ich wieder her und bis dahin muss mir mein Filmmaterial ausreichen.

# WIENER OPER

Elisabeth Hollischek hatte gerade die Linzer Torte aus dem Backofen genommen. Der Ehemann kam herein und setzte sich. Sie stellte die Torte auf den hübsch und stilvoll gedeckten Tisch. Die Ehefrau setzte sich ebenfalls hin und sagte stolz: „Mogst vielleicht die Linzer Torten kosten?"

Der Ehemann las in der Wiener Zeitung: „Linzer Torten? A Weanerin backt a Sachertorten."

Die Ehefrau fragte genervt: „Willst jetzt a Stickerl oder net?"

„Dem Kaiser hättst des net hingstellt", grantelte der Gatte.

„Dem Franz net, aber dem Kaiser Maximilian I. Auf's Schloss nach Linz hätt i ihms bracht. Der hätt sich ganz sicher gfreit", verteidigte sich die Ehefrau.

Der Ehemann meinte etwas verächtlich: „Maximilian von Linz?" Er schüttelte den Kopf. „In welchem Jahrhundert bist du eigentlich zhaus? Die Habsburger regiern scho long nimmer. Unser Kanzler haast Sebastian Kurz."

Ehefrau seufzte nachtrauend: „Jo, schad is scho. Obwohl der Sebastian Kurz genauso schneidig ausschaut wie der Franz woar."

Dies reizte den Ehemann: „Jo kriag i jetzt a Stickerl von der Torten oder muss i vorher noch an Frack anziehn?"

Die Ehefrau legte ein Stück Torte auf seinen und ihren Teller: „Mogst auch an Kaffee?"

Der Ehemann beruhigte: „Jo, Kuchen ohne Kaffee, wo gibst denn so was? Host ach an Schlagobers?"

Die Ehefrau goss Kaffee aus: „Na, Sahne is ma ausganga."

Der Ehemann meinte bissig: „Du wärst besser ausganga als der Schlagobers."

„Wie moanst denn dös jetzt?", murrte die Ehefrau.

Der Ehemann antwortete gehässig: „Du hättst besser vor dem Backen olls eingholt."

„Ach so. Na ja, i hobs net aufm Zettel drauf ghabt."

Beide begannen, den Kuchen zu essen und Kaffee zu trinken. Die Ehefrau blätterte im Weihnachtsprogramm der Wiener Oper. Begeistert meinte sie: „Du, die Wiener Oper hot an tolles Programm über die Weihnachtstog. Tschaikowskis Nussknackerballett, das Weihnachtsoratorium und die Zauberflöte. Bestimmt is wieder olls ausverkauft."

Der Ehemann referierte: „Jo, des is guat fürs Gschäft. Do kuman die feinen Herrn mit die Damen und lossen sich durch Wien kutschieren. Dös gibt a scheenes Trinkgöld."

Ehefrau bestätigte: „Fiaker müsst ma sein. Wos meinst, solln wir auch in die Oper gehn?"

Der Ehemann entrüstete ich: „Wos, du und i, in die Oper?"

Die Ehefrau schwärmte: „Warum net? Do könnt i endlich wieder mein schickes Kleid und den Nerzmantel auftragen."

„Dös konnt's auch ohne die Oper. Gehst mit dem oiden Mantel von der Tanta Ida halt in den Prater", entgegnete der Ehemann.

Die Ehefrau war verärgert: „Oider Mantel? Wos kann i denn dafür, dass du mir keinen gscheiten Mantel schenkst?"

Ehemann verteidigte sich: „Jo bin i vielleicht a Göldspucker oder an Fiaker?"

„Jo, is scho recht, ober die Leit im Parkett, weißt, die schauen immer so feierlich aus", schwärmte die Ehefrau.

Herr Hollischek regte sich auf: „Na servas, wann i die in der Kutschen sitzen hob, san di goar net feierlich. Do redens nur gschwollen doher. Und die so gonz nobel san, stehn am Würschtlstand, verdrücken die Debreciner und geben ka Trinkgöld."

Die Ehefrau grittelte: „So, so. Wann i mit dir im Fiaker sitzen tät, würds du dann a Trinkgöld gebn?"

Herr Hollischek stellte fest: „I red von die noblen Herrn, net von am Fiaker!"

Die Ehefrau bemerkte spitzfindig: „San die Fiaker net nobel? Bist deshalb so grantig? Host vielleicht Angst, i würd di für an noblen Herrn holten?"

Der Ehemann war etwas genervt: „Wos, wos moanst dann domit? An Fiaker is wos Bsondres, der foart nur in Wean."

Ehefrau räsonierte: „A Kutscher is a Kutscher."

Der Ehemann ärgerte sich. „Wos haast, a Kutscher is a Kutscher? An Fiaker foart die holbe Wölt durch Wean, von der Oper zum Heurigen, vom Lusthaus zum Stephansdom. Oll Leit hob i schon durch Wean gfoarn. Do soll a Fiaker nix Besondres sein?"

„I hob net gsogt, dass du nix Besondres wärst", erklärte die Ehefrau.

Der Ehemann stammelte besänftigt: „So? Host net?"

Ehefrau wiederholte: „Na, i hob gsogt, dass du an Kutscher bist."

Der Ehemann empörte sich wieder: „Jo, a Kutscher is a Kutscher, host gsogt. Als wenn i net nobel sein könnt. Wann i in die Oper mit dir gehn würd, tät i jedenfalls an Champagner trinken un net so an gzuckertes Wasser und außerdem tät i an Weaner Schnitzel bestölln anstatt am Würschtlstand umadum stehn un den Senf vom Finger schlecken."

Die Ehefrau sagte verschmitzt: „An Fiaker geht also doch in die Oper, trinkt Champagner und isst Weaner Schnitzel?"

Der Ehemann bestätigte: „Dös hob i gsogt."

„Hob i doch gwusst, dass'd nobel sein kannst, wennst willst. Dann bestöll i jetzt Karten für die Zauberflöte von Mozart und an Tisch im Restaurant Albertina", freute ich die Ehefrau.

Ehemann grantelte wieder: „Mozart, wieso denn Mozart? Bist a Weanerin oder a Salzburger Nockerl?"

Die Ehefrau entgegnete: „Bist du an Fiaker oder an Kutscher?"

# WEIHNACHTEN IN DER BERG-HÜTTE

**K**alt war es geworden. Es schneite. Ununterbrochen. Meterhoch stapelte sich der Schnee bereits. Heute war sicher schwer durchzukommen auf die Alp. Obschon der Räumdienst hier vorbildlich funktionierte. Sie wärmte sich Milch auf. Das würde ihr guttun. Ob Gregor gut im Tal angekommen war?

Sie kuschelte sich in eine Decke, setzte sich auf die Bank und trank die warme Milch. Wie gut, dass sie ihr Häkelzeug mitgenommen hatte. Sonst würde ihr die Zeit lang werden. Sie war gerade dabei, das Vorderteil des Pullovers wieder aufzuziehen, als sie ein Klopfen und Pochen hörte. Wer konnte das wohl sein? Hatte sich jemand verirrt und suchte Schutz? Sie ging an die Tür.

„Wer ist da draußen?", rief sie. Keine Antwort. Merkwürdig, dachte sie und rief nochmals: „Hallo, wer ist denn da?" Niemand meldete sich. Vielleicht war bloß ein Holzscheit vom Stapel gefallen und hatte die Tür gestreift. Sie setzte sich wieder auf die Bank. Da rumpelte es nochmals. Was war das nur? Ob sie öffnen sollte? Sie war allein. Angst hatte sie nicht direkt, nur ein unheimliches Gefühl.

Vielleicht war es doch keine so gute Idee gewesen, sich eine einsame Berghütte zu mieten. Andererseits wurden gerade diese Unterkünfte als besonders romantisch angepriesen. Suchten sie nicht diese Einsamkeit, um abschalten zu können, um gerade in der Weihnachtszeit der Hektik aus Konsum und Feiertagsvorbereitung zu entfliehen, endlich runterzukommen von diesem Berg aus sozialen Verpflichtungen, um das sogenannte einfache Leben genießen. War das etwa ein Trugschluss? Wäre Gregor nicht ins Tal gefahren, um ein paar Besorgungen zu machen, würde sie nicht darüber nachdenken.

Wieder ein Geräusch. Es hörte sich an, als wäre Schnee vom Dach gerutscht. Hoffentlich war der Eingang nicht versperrt. Sollte sie nicht die Tür aufmachen und nach dem Rechten sehen? Vielleicht suchte jemand Hilfe. Maria und Josef hatte niemand aufgemacht. Aber das würde heute nicht mehr geschehen. Oder doch? Könnte sie sich verzeihen, wenn jemand vor ihrer Tür erfrieren würde? Wie beunruhigend inmitten dieses heftigen Schneefalls allein zu sein. Mozarts kleine Nachtmusik ertönte. „Hallo Gregor. Gut dass du dich meldest. Hier sind seltsame Geräusche ums Haus herum zu hören." Ihre Stimme klang besorgt. „Ich wollte niemand reinlassen. Man weiß ja nie, wer da an die Tür klopft."

„Deshalb rufe ich an. Steinböcke und Hirsche sollen sich unweit unserer Hütte versammelt haben, hat mir die Kassiererin des Supermarktes erzählt. Jeden Winter kämen sie bis zum oberen Kamm wegen der Wiesen an den Abhängen. Bleib einfach im Haus. Dann wird dir nichts geschehen."

„Gottseidank. Ich hab mir schon Vorwürfe gemacht."

„Was denn für Vorwürfe? Mach die Tür nicht auf, hörst du. Ich bin gleich zurück." Sie drehte das Radio an. „Hallo liebe Leute, sie hören den Tiroler Rundfunk. Die Wetterschau für heute: Tirol ertrinkt bis zum Nachmittag im Schnee. Lawinengefahr besteht aber nicht. Die Temperaturen liegen bei minus vier Grad. Hüttenbewohner in den Tuxer Alpen aufgemerkt: Bleiben sie in den Hütten, machen sie es sich am Kamin gemütlich. Und keine Angst, wenn's rumpelt. Steinböcke sind wieder im Anmarsch, Hirsche sind auf der Wanderung. Also bleiben Sie froh und heiter, dann kommen sie immer weiter."

Sie ging ans Fenster, schob die Gardine zur Seite und sah den Berg hinauf. Tatsächlich, eine ganze Herde kletterte am Kamm. Die Geißen standen etwas abseits. Die Böcke waren sich im wahrsten Sinn in die Hörner geraten. Sie musste wohl die Brunftschreie und Geweihstöße gehört haben. Ein Hirsch schaute genau in ihr Fenster hinein. Das musste wohl der Platzhirsch sein. So ist die Tierliebe in den Bergen, dachte sie, rau aber herzlich.

# HERRSCHER DES HIMMELS ER- HÖRE DAS LALLEN

Die Stadt Sankt Wendel lud eine Saarbrücker Delegation auf den Weihnachtsmarkt ein. Die Oberbürgermeisterin wollte von ihrer persönlichen Referentin wissen, wie der Ausflug geraten war. Sie rief das Vorzimmer an. „Die Weberin soll reinkommen."

„Guten Morgen Frau Oberbürgermeisterin."

„Guten Morgen Weberin. Wie war der Ausflug auf den Sankt Wendeler Weihnachtsmarkt? Haben unsre Gruppen uns gut vertreten?" Frau Weber legte die Akten ab und setzte sich auf den Stuhl. „Sagen wir mal, wir sind zurechtgekommen."

„Zurechtgekommen? Was ist denn das für eine Aussage. Hat es keinen Spaß gemacht?" fragte die Verwaltungschefin.

„Spaßig war es wirklich, das kann man so sagen."

„Was meinen sie denn damit?"

„Wir waren alle wohlgestimmt und eingesungen, als wir mit dem Reisebus auf dem Busparkplatz in Sankt Wendel ankamen, der Bürgermeister von Dudweiler, die Kollegen des Amtes für Entwicklungsplanung als Mandelspatzen unter der Chorleitung der Amtsleiterin, die Kollegen des Amtes für Stadtgrün und Friedhöfe als fliegende Engel und die Kollegen vom Amt für Kinder und Bildung als trommelnde Hirtenbuben mitsamt der Abteilung für Brand- und Zivilschutz als Geleit."

„Na, das war doch schön."

„Schön war, dass der Bus so nahe am Weihnachtsmarkt parkte. Unsere Delegation stieg also aus und trommelte Schritt für Schritt in Richtung Marktplatz. Am Stand der Handwerkerzunft scharten sich die Trommeljungen um den Schmied und stellten die Trommeln hinter sich ab."

„Dienstbeflissen ist das, geradezu vorbildlich, am Markt der städtischen Konkurrenz teilzunehmen und ihn zu bewundern."

„Vorbildlich ja. Nur dass die städtische Kita gerade mit einem Geschenkesuchspiel begonnen hatte. Da die Trommeln so schön geschmückt beiseite standen, dachten die Kinder, das seien Geschenke und begannen, die Trommeln auszupacken", berichtete die Referentin.

„Wie auspacken, waren die etwa noch eingewickelt?"

„Eben nicht. Die Kinder dachten, die gespannte Trommelhaut sei die Verpackung und schnitten alle Trommeln auf."

„Ach du lieber Gott! Das fing ja gut an. Hoffentlich ist sonst alles gut gegangen?", erschrak die Oberbürgermeisterin.

„Nicht ganz. Unsere fliegenden Engel flogen durch die Gässchen von einem Stand zum anderen und tanzten wild um den goldenen Glühweintrog. Derweil sammelten die Mandelspatzen die halbleeren Glühweinbecher als Ersatz für die Trommeln ein und leerten sie bis auf den Grund, damit der Ton stimmt", erzählte Frau Weber.

„Sagen sie mal, was hat denn der Bürgermeister aus Dudweiler da gemacht. Hat er nicht eingegriffen und das Trinkgelage aufgelöst?", wollte die Oberbürgermeisterin wissen.

„Eingegriffen schon. Der hat ständig für Nachschub gesorgt getreu dem Motto, sehet die Vögel am Himmel, sie säen nicht, aber sie trinken doch. Als alle Hirtenbuben von den Trommelbechern genug eingesammelt hatten, schwankte die ganze Corona zur Bühne, allen voran die flatternden Engel, unterstützt vom Gesang der Mandelvögel."

„Immerhin hat der Chor gesungen, Weberin, das war bestimmt eine Meisterleistung."

„Gesungen konnte man das nicht mehr nennen, eher ein Lallen. Was aber nicht so schlimm war, schließlich heißt es ja bei Bach, Herrscher des Himmels erhöre das Lallen."

„Hat der Dudweiler Bürgermeister sich wenigstens für die Einladung bei der Sankt Wendeler Delegation bedankt?"

„Er trat nach dem Lallen unserer Mandelspatzen unter dem Klopfen der Glühweinbecher unserer Hirtenbuben an das Mikrophon und verkündete großherzig, dass sie, Frau Oberbürgermeisterin, zum Dank für die Einladung sich mit einer

Gegeneinladung zum Max-Ophüls-Festival revanchieren würden", beschrieb Frau Weber das Geschehene.

„Da sehen sie's, Schadensbegrenzung kann er, der Herr Kollege, immerhin", betonte die Oberbürgermeisterin.

„Schadensbegrenzung betrieb dann auch das rote Kreuz."

„Schadensbegrenzung? Was hatte denn das rote Kreuz damit zu tun?", fragte die Chefin nun verunsichert.

„Als die vom Tanzen trunkenen Engel schließlich völlig desorientiert über den Bühnenrand stürzten und die Hirtenbuben gleich mitrissen, versorgte das rote Kreuz die Wunden der Hingefallenen. Schließlich sammelten die Kollegen vom Brand- und Zivilschutz die verbundenen und bepflasterten Engel und Hirten ein und fuhren sie mit den Schubkarren der Handwerkerzunft auf den Busparkplatz, wo man sie in den Bus schaffte," teilte Frau Weber mit.

„Ach du lieber Gott, da sind wir ja richtig blamiert worden. Wenn das die Presse mitgekriegt hat."

„Hat sie. Die Schlagzeile sollte lauten: Die Landeshauptstadt vor dem Absturz. Saarbrücker Beamte im Delirium."

„Ist die Zeitung schon erschienen?"

„Nein, Aber ich musste versprechen, dass die Sankt Wendeler Presse das Exklusivrecht an der Berichterstattung des Altsaarbrücker Christkindlmarktes bekommt. Außerdem wollten diese Nutznießer auch noch mit dem Nikolaus im Rentierschlitten über den Sankt Johanner Markt mitfliegen."

„Aber Weberin, das in Zeiten von Corona. Wie soll man denn im Schlitten Abstand halten?"

„Vielleicht lässt der richtige Nikolaus die Winde los und schaukelt alles solange hin und her, bis die Presseleute herauspurzeln."

„Aber Weberin, das wünscht man selbst seinen Feinden nicht, schon gar nicht an Weihnachten. Das bringt Unglück!"

„Wieso denn? Für abgestürzte Engel und kleine Sünderlein hatte der Himmel noch immer Verständnis."

# SCHÖNE BESCHERUNG

S amstag vor Heiligabend. Elisabeth Hollischek schmückte den Tannenbaum und räumte die überzähligen Glocken in die Schachteln zurück. Sie knipste die elektrischen Kerzen an und sagte zu ihrem Mann, der neben dem Tannenbaum auf der Couch saß und in der Zeitung las: "Na bravo, es brennt. Do follt mir grod ein. Liebling, mogst ma des Licht in der Diele vor Heiligabend austauschen? Es flimmert jetzt schon wochenlong, als wenn'd im Prater im Lusthaus sitzen tätst."

Er schaute sie an und sagte verständnislos: "Mochst wohl Scherze? Unser Haus a Lusthaus? Des wüsst i ober. Dös Lichterl is scho long aus. Ausgerechnet heut noch soll i das Birnchen austauschen? Des is doch das anzige, wos hier noch flimmert. Jo glaubst vielleicht, i bin dein Elektriker? Dös konnst gonz schnell vergessen."

Die Frau war leicht pikiert und sagte: "Jo, wennsd meinst. Dann soll's holt weiter flimmern, wenns bei dir nimmer brennt. Vielleicht schaut's jo von draußen wie a Lichterkett aus."

Sie ging an den Kühlschrank um das Abendessen vorzubereiten. Die Tür ließ sich nicht mehr fest verschließen. „Vaflixt, des hob i gonz vergessen. Die Tür schließt nimmer. Bittschön, mogst vielleicht die Kühlschranktür nachschauen. Sie geht nimmer gonz zu. Olls kühlt in der Küch aus. Man könnt meinen, wir würden in am Leichenhaus wohnen, so kolt wie dös is."

Etwas genervt blickte der Ehemann aus der Zeitung auf und sagte: „Wos, wos host du grod gsogt? Unser Küch wär so kolt wie a Leichenhaus? Moanst du vielleicht den Weaner Friedhof. Do schpühn's wenigstens noch a Wolzer om Grob von Johann Strauß. I soll dir jetzt die Kühlschranktür in Ordnung bringen gonz ohne a Musi? Jo glaubst du, i bin a Handwerker? Dös konnst gonz schnell vergessen."

Die Frau wurde langsam ärgerlich. „So, des mochst ma a net mochen! Jo vielleicht is das zu schwierig für a Fiaker. Der braucht a nur die Peitschen schwingen statt selber laufen. Es gäb noch wos zum Tun. Vielleicht konnst ma dobei hölfen. Guck dir unsere Holztreppen im Stiegenhaus o. Stell dir vor, des wär Schloss Schönbrunn und unsere Kaiserin Sissi tät Hof holten om Stephanstog, da würden's jo oll Leit drum herum stolpern anstatt Wolzer tonzen."

Der Ehemann, nun sichtlich genervt, polterte weiter: „Ha, an Schloss! Und donn a noch Schloss Schönbrunn! Du wollst doch schon immer hoch hinaus. Weißt wos, bei dir tät's noch net amal für a Hofdame reichen. Und jetzt meinst, i soll vor Weihnachten noch den Hammer schwingen und oll's, wos di im gonzen Johr net gstört hot, in Ordnung bringen? Jo krutzifix, bin i a Schlosser, Elektriker, Zimmermonn oder an Fiaker? Mir reicht's jetzt. I geh zum Heurigen am Grinzinger Weinsteig. Do gnehmig i mir a poa Viertel auf den Schreck. Vielleicht find's jo an Dummen, der des olls noch vor Weihnachten mocht. I jedenfolls net."

Am nächsten Morgen saß Elisabeth Hollischek summend am Kaffeetisch in der Küche und las gut gelaunt in der Zeitung. Der noch betrunkene Ehemann kam herein. Er hatte ein schlechtes Gewissen: "Mein olles Sissilein, Liebling, wer hot des denn olls gmacht? Das Lusthaus beleuchtet, Wolzer von Strauß aufgelegt und den Aufgang zum Schloss grett?"

Die Ehefrau drehte sich um und sagte: „Jo, wos hätt i denn mochen soll'n, wann's du nur granteln kannst und ins Wirtshaus läufst? I hob den Nerzmantel von der Tante Ida übergworfen und bin an Fiakerplatz am Stephansdom glaufa. Deine Kollegen hobn mi gonz verdutzt ogschaut. Do hob i laut gschrien: Hülfe, Hülfe! Die Donaumonarchie geht unter."

Erschrocken fiel der Ehemann in den Stuhl: „Jo bist du denn noch gscheit! Wos host gmocht? Bei di Kollegen bist glaufa und hast um Hülfe geschrien?"

„Genau, des hob i gmacht. Und weißt, do kummt a ungarischer Rittmeister, a gonz junger, weißt. Der hot mi ogschaut und gfrogt, wieso denn die Donaumonarchie untergehn würd und wos i für a Hülfe brauch. I hob erzählt, wos olls schief läuft bei uns, weil du net imstand bist, mir zu hölfen. Mein Gspusi würd lieber beim Heurigen sitzen und a Wein trinken. Wos meinst, hot der do gsogt?", erzählte die Frau des Fiakers genüsslich.

„Wos, wos soll der scho gsogt hobn, wie der di gsehn hot in dem oiden Nerzmantel? Woascheinlich, dass du die Kurvn kratzen sollst! Und außerdem, wos geht des überhaupt d'Leut an, wann i beim Heurigen sitz. Des is jo nedlich, so wos!", redete Herr Hollischek sich in Rage.

„Jo, wenn's meinst. Jedenfalls hot mir der Rittmeister angeboten zu hölfen. Aus oita Verbundenheit zu meiner Namensvetterin der ungarischen Königin Sissi!" Frau Hollischek genoss die Eifersucht des Ehemannes.

„Jo so a Strizzi! Noch so a deppata Sissianhänger. Am besten mochst a Club der enterbten Monarchisten auf. Hot der vielleicht a noch a Uniform oghobt, der Gspinnerte?", wütete der Ehemann.

„Na, des net grod. Aber fesch woar a scho. Jedenfalls wollt er mir hölfen", schwärmte Frau Hollischek.

„So, hölfen wollte a. Wos hot a denn gsogt, wos des kosten soll?", fragte Herr Hollischek.

„Er hot gsogt, er tät olls wieder in Ordnung bringen. Des Anzige, wos i mochn müsst, wär entweder mit ihm das Lusthaus wieder zu beleben oder ihm a fürstliche Sachertorten zu Weihnachten zu backen", reizte Frau Hollischek den Ehemann weiter.

„So, so, es sind auch schon Kaiser gstorbn. Is noch a Stickerl von der Torten übrig?", wollte der scheinbar Gehörnte wissen.

„Jo glaubst vielleicht, i bin die königliche Hofbäckerei?", fragte Frau Hollischek amüsiert.

# BERLINER ADVENT

Regnerische Trübnis in Berlin. Neunundzwanzig Jahre nach dem Mauerfall zeigt sich Berlin vor dem ersten Advent vorweihnachtlich. Auf dem Alexanderplatz reiht sich Bude an Bude. Im Angebot Glühwein mit und ohne Schuss, Berliner Weiße, Schweinshaxe mit Sauerkraut oder Bratwurst, Nippes, Tand oder Handgearbeitetes gefällig? Na ja, regional ist das nicht gerade.

Es ist nicht überfüllt, aber dennoch gut besucht. Menschen schlendern von Stand zu Stand, in der Hand ein warmes Getränk oder eine Bratwurst. In der Ecke offenes Feuer auf einem Rost, ein Wärmplatz für Frierende. Sie setzen sich auf die Bänke, die im Kreis um die Feuerstelle herum aufgestellt sind. Es ist kalt geworden. Kinder fahren Karussell, laufen voller Freude die Stufen hinauf ins Obergeschoss der Weihnachtspyramide aus dem Erzgebirge. Das Riesenrad dreht bedächtig seine Runden, auf dem Eisfeld schlittern jauchzend die Vorsichtigen von einer Bande zur anderen.

Menschen aus allen Teilen der Welt suchen den „German-Faktor", die preußische Akkuratesse oder die bajuvarische Urgewalt. Nichts davon ist zu finden auf dem Weihnachtmarkt, auch nicht die christliche Besinnlichkeit. Der Markt erinnert mehr an einen Rummel als an ein religiöses Ereignis. Weltläufigkeit prägt das Angebot als touristische Attraktion, das Brauchtum als Fassade, kommerziell und unpersönlich. Romantik scheint einer kalkulierten Nüchternheit gewichen zu sein. Mag sein, dass der letzte Anschlag auf den Weihnachtsmarkt dieses Gefühl hinterlassen hat.

Die Beleuchtung ist eher spärlich, kein weithin sichtbarer überproportionaler hell erleuchteter Tannenbaum, keine festlichen Straßengirlanden, Sterne, Glitter oder Flitter, nur Asphalt, Mauergrau, Türme und Spitzen. Nach dem Glühwein gehen wir in unser Hotel zurück.

Heute ist Kaiserwetter, würde man in den Alpen sagen. Die Sonne scheint, die Strahlen durchdringen die blaue Kälte, wärmen die Gesichter und Herzen der Vermummten. Sightseeing ist angesagt in der Hauptstadt Deutschlands. Erstes Ziel: der Berliner Dom. Navigation mit Handy, Geocaching in der Bundeshauptstadt. Der Fußweg ist unbeschwert. Auf der Spreebrücke posieren Besucher für den Schnappschuss des Tages. Selfies oder doch ein Passant als Fotografen ansprechen? Mein Smartphone gibt jedoch bereits den Geist auf.

Im Kirchenraum ist Fotografieren mit Blitz nicht erlaubt, die wenigsten halten sich daran. Grundschüler werden in den ersten Bankreihen von einer Pfarrerin in Zivil unterrichtet, religiöser Anschauungsunterricht mit Erlebnisfaktor. Flüsterstimmen, Getuschel, durch das Hauptschiff wandern Touristen von einem Fresko zum nächsten, im Blickfeld die vier Evangelisten in den Ecken des Kuppelaufsatzes, weit entfernt die weiße Taube in der Kuppelspitze als Friedensgruß.

Vor dem Altar stehen prächtig vergoldete, meterhohe Kandelaber mit elektrischen Kerzen. Betreten verboten. Aus der Seitentür am Zelebrationsaltar kommt eine weitere Schülergruppe mit einer Lehrperson herein, still, wohl erzogen, andächtig. Auf den Emporen der Kaiserloge und des Hofstaates stehen ebenfalls prunkvolle elektrische Kerzenhalter, die Besucher zwängen sich in die Bankreihen, ein Organist probt Kirchenmusik. Sinfonische Klänge verströmen sich im Gotteshaus, nötigen zur Aufmerksamkeit, vielleicht ist doch ein Gottesdienst vorgesehen? Eher nicht.

Nach dem Verklingen erklimmt die Touristenschar die unzähligen Stufen hinauf zum Dommuseum. Herzkranke werden vor der Anstrengung gewarnt. Die ersten Entwürfe des Kirchenbaus sind zu bestaunen, Modellanfertigungen hinter Glas, historische Zeichnungen, Pläne des Neubaus und Wiederaufbaus. Gussformen werden präsentiert, original verwitterte Kapitelle sind an der Wand befestigt, Steinfiguren in den Nischen, Johannes der Täufer ohne Kopf. Die restlichen zahlreichen Stufen führen hinauf in die Domkuppel, Rundgang im Freien mit Ausblick auf die Dächer der Stadt. Nach einer Verschnaufpause Abstieg in die Krypta. Monarchen, Fürsten und Kinder der Hohenzollern reihen sich Sarg an Sarg. Friedrich der Erste im Totenbett prangt übergroß auf einem raumfüllenden Wandgemälde inmitten brennender Kerzen und Lilien. Im Domshop protestantische Säkularisierung. Neben Handtüchern, Kaffeebechern, Badezusätzen, zahlreichen Geschenkpackungen mit Parfum und Seifen werden auch Bibeln angeboten.

Um ein Uhr mittags Besichtigung des Mauerparks. Die Bernauer Straße im Glanz der Wiedervereinigung, Stahlstehle an Stahlstehle fügen sich zusammen, Erinnerungsmonumente an die einstige Mauer mahnen an die Zeit zwischen 1961 bis 1989. Die Geschichte illustriert auf hohen Steinwänden, eingebaute Abspielmöglichkeiten der Bänder mit aufgezeichneten Fluchtberichten. „Niemand hat die Absicht, eine Mauer zu errichten", hör ich Walter Ulbricht sagen. Umrisse eines Grenzhauses zeichnen die Aufteilung der Räume nach, Küche, Keller, Wachposition. Barrikaden, Fallen, Todeszone, ein Wachturm, eingerahmt zwischen neuer und alter Mauer als Europäisches Kulturgut gekennzeichnet. Ein runder Sakralbau bietet die Möglichkeit zu innerer Einkehr, der Kauf von sogenannten „Schusterjungen", kleinen Brotstücken, ist erwünscht.

Die Rückfahrt mit der S-Bahn. Ist der Fahrschein noch gültig? Zwei Kontrolleure schwadronieren am Bahnsteig. Sie sagen uns, dass der Fahrschein abgelaufen sei, also einen neuen Fahrschein ausdrucken und lösen. Einsteigen nach der Durchsage, Gedränge, höfliches Vorlassen von Müttern mit Kinderwägen.

Die gleiche Ausländerin wie bei der Hinfahrt bettelt, fleht professionell, jammert Apfel essend, im Brustbeutel einen von ihr unbeachteten Säugling, vor sich hergetragen wie ein

Paket. Der Kontrolleur spricht sie an, Lamentieren, Schluchzen. Doch es nützt nichts. „Die Menschen sind hier alle gleich", sagt er mit leicht türkischem Akzent. „Die Regeln gelten für alle." Er veranlasst ihren Ausstieg, ebenso den einer minderjährigen Drogensüchtigen und eines weiteren Ausländers, alles Passagiere ohne gültigen Fahrschein.

Der Fußweg zurück zum Hotel in die Lounge zieht sich, dann wohltuender Kaffeegenuss. Wir wärmen uns vor der Heimfahrt nach Saarbrücken noch einmal auf. Der Koffer hinter dem Tresen ist gut verwahrt. Es wird Zeit, das Taxi kommt nach fünf Minuten.

Der Berliner Hauptbahnhof ist mittlerweile adventlich hergerichtet, Lichtgirlanden hängen von der Decke, Bäumchen, Gestecke, die Farben grün und rot, alles sehr traditionell. Endlich fühle ich den Zauber von Berlin, die unendliche Vielfalt an Menschen, Sprachen und Auslagen. Geborgenheit in einer Atmosphäre des Aufbruchs, der Unrast und Ungewissheit. Ist das Gleis richtig, steht der Zug schon? Dann die Durchsage, dass das Gleis geändert wurde, eiliger Wechsel, Rolltreppen fahren, den Bereich für den Einstieg in den Erste-Klasse-Waggon suchen und warten, bis der ICE eintrifft. Alle bringen genug Geduld auf, die Angekommenen aussteigen zu lassen.

Den Sitzplatz finden, sich einrichten und zur Ruhe kommen. Jemand hat die reservierten Sitzplätze einfach belegt. „Bleiben Sie nur sitzen. Es sind ja nicht alle Plätze gebucht." Wir setzen uns auf die Plätze daneben. Die Vorfreude, wieder nach Hause zu kommen, überfällt nicht nur mich. Ob wir bald wieder nach Berlin fahren werden? Jedenfalls nicht im Advent.

# DAS WEIHNACHTSKONZERT

Frau Strauß hatte sich zum Christkindlmarkt in Saarbrücken im Hotel Excelsior einquartiert und wollte weiter nach Wien. Um dort ein Hotelzimmer zu buchen, rief sie den Portier an.

„Hallo, ist dort die Rezeption? Hier ist Frau Strauß, Zimmer dreizehn." Am anderen Ende meldete sich der Aushilfsportier Giovanni Calabrese, der mit der deutschen Sprache noch nicht sehr vertraut ist: „Ja, buon giorno, hier Giovanni Calabrese."

„Können sie mir bitte in Wien ein Zimmer reservieren. Am besten in der Nähe des Stephansdoms. Ich fliege morgen nach Wien."

„Olala, sie warten, ich mussen in Buch sehen." Giovanni blätterte im Gästebuch, das er für das Reservierungsbuch hält: „Es tun mir leid. Alles vollgeschrieben. Wir keine Zimmer freihaben, impossibile, ausgebucht. Iste Natale, Saarbrucker Christkindlmarkt. Bitte sie versuchen nach Weihnachten!" Er legte auf.

Frau Strauß wählte neu: „Hier ist noch einmal Frau Strauß, Zimmer dreizehn! Ich brauche ein Zimmer in Wien, nicht in Saarbrücken! Verstehen sie mich? Was ist daran eigentlich fatal?"

„Oh, sie in Wien? Ich sie gut verstehn. Alle Sträuße kommen aus Wien. Küss die Hand gnä Frau. Das tun mir sehr leid, scusi, aber iste wirklich nix mehr frei. Natale. Wien wird bei Nachte auch schöner."

„Nein, ich bin nicht in Wien und komme auch nicht aus Wien, ich bin hier in Saarbrücken! Das ist nicht fatal, sondern normal. Verstehen sie, ich möchte lediglich, dass sie mir in einem Wiener Hotel ein Zimmer buchen!"

„Sehr wohl, grande Signora, sie gebucht für Wien. Aber hier ist nichte Wien, hier iste Saarbrucken, Straußenfrau, iste molto bene, große Schloss, Ludwigskirche, alles

Barockoko, wie Schloss Schönbrunn, äh, äh mir fahre auch mite Schiffche auf Saar, nicht auf Donau, hier viele Schwäne, nix Straußenvogel."

Frau Strauß wurde ungehalten: „Das ist nicht ihr Ernst. Das weiß ich doch, ich habe doch hier ein Zimmer gebucht. Ich wohne hier."

„Sie hier gebucht? Viele schöne Schwäne, grande Signora!"

Jetzt wurde Frau Strauß ärgerlich: „Mir schwant auch gleich etwas. Jetzt schlägt's gleich dreizehn. Ich wohne nämlich in Zimmer dreizehn!"

„Oh, gnä Frau, iste Zimmer nicht gut genug? Iste mit dreizehn Zahl unglucklich? Nix schlagen dreizehn. Iste nur Freitag. Morgen besserer Tag. Aber unsere Speisekarte iste imma belissima, fantastico, Pizza, Pasta, Wiener Schnitzel, Wiener Strudel. Alles Strauß, gnä Frau."

Frau Strauß versuchte, sich zu beruhigen und sagte: „Es ist alles in Ordnung, ja, ja, aber ich fliege nach Wien zum Weihnachtskonzert in die Wiener Oper. Außerdem heißt das „Alles Walzer" beim Opernball, auch alles von meinem Namensvetter Strauß ist."

„Oh, Wien, nixe Strauß? Iste bessa Opera buffa. Rigoletto." Giovanni fängt an zu singen: „La donna e mobile."

„Also bitte, sie müssen schon mir überlassen, in welche Aufführung ich gehe. Sie können Guiseppe Verdi ja in Venedig im Teatro La Fenice bewundern."

„Nix für gut, grande Signora. Sollen ich Gepäck holen lassen für Flughafen? Iste schlechte Wetter morgen, Schneesturm, nix opera buffa, alles Walzer, Straußenvogel, sie mussen fahre mite Schiffche bis Donau, gnä Frau, wie Vogelhändler."

„Ich fliege aber morgen! Der Flug ist nicht abgesagt. So schlimm kann es also nicht sein. Und ich bin auch kein Vogelhändler!" Das letzte Wort kam etwas ungestüm über die Lippen.

„Bene, sehr wohl, wie sie meinen, ich verstehe, Giovanni nix gut, Freitag, der dreizehnte. Gute Nacht! Küss die Hand gnä Frau." Giovanni legte wieder auf.

Frau Strauß trank auf den Schreck erst ein Glas Wein und wählte dann neu: „Hier ist noch einmal Strauß. Ach bitte, buchen sie mir aber nur ein Zimmer mit Dusche oder Bad."

„Scusi, uno Momento." Der Portier blätterte wieder im Gästebuch. „Iste alles voll, Natale, Saarbrucker Christkindlmarkt, ausgebucht."

Frau Strauß glaubte, sich verwählt zu haben und fragte nach: „Spreche ich mit der Rezeption? Ich habe eben schon angerufen. Ich möchte kein Zimmer in diesem Hotel, weil ich schon eins habe, und zwar logiere ich in Zimmer dreizehn."

„Hier iste wieder nix gute Giovanni, gnä Frau. Ah, bene dass jemand will Freitag dreizehntes Zimmer, gutes Zimmer mit Bad".

Er legte den Hörer beiseite und blätterte weiter. „Signora, iste leider alle Seiten besetzt."

Frau Strauß wurde jetzt sehr ärgerlich: „Ja Herrschaftszeiten, dieses Zimmer belege ich doch schon seit einer Woche und morgen wird es frei!"

„Verstehe. Sie wollen nichte Zimmer 13, doch Angst vor munaciello, Geist kommt aber nur in Nacht. Vielleicht doch lieber anderes Zimmer?"

Frau Strauß empörte sich: „Das darf doch nicht wahr sein. Nein, nun einmal ganz langsam zum Mitdenken, damit sie auch alles richtig verstehen. Ich, Frau Strauß, nicht Straußenvogel, und ich bin auch kein Vogelhändler, ziehe morgen hier aus und möchte am Samstag ein Zimmer mit Bad in Wien in der Nähe des Stephansdoms, weil ich Karten für das Weihnachtskonzert in der Wiener Oper habe und nicht für Rigoletto in Venedig! Außerdem singen sie denkbar schlecht, sie Möchtegern-Caruso."

Giovanni Calabrese fühlte sich ungerecht behandelt. Schließlich hatte er an seinem freien Tag für den Portier die

Urlaubsvertretung übernommen. „Olala, ich nix Caruso, aber singe in coro italiana immer Solo. Ihre Stimme iste auch nichte Callas, sie wie Krimhilde, Rheingold, iste auch untergegangen. Also wollen buchen für Samstag, nichte Freitag, der dreizehnte, gnä Frau?"

„Richtig, für Samstag."

„Gut. Dann ich mussen nachschauen." Er blätterte wieder im Buch. „Signora mite Bad?"

„Ganz genau."

„Sie Gluck haben, Signora! Ich Seite doch gefunden, munaciello hat wieder zuruckgebracht, Samstagmorgen Zimmer für sie frei! Sie sagen können zum Abschied Servus, gnä Frau."

Frau Strauß atmete auf: „Na, endlich!"

„Dreizehntes Zimmer morgen wird frei!"

# EIN NOBLER HERR

Herr Hollischek saß am Tisch und las in der Zeitung. Ehefrau Elisabeth Hollischek kam herbeigeeilt und hatte die Post in der Hand. Frau Hollischek war freudig erregt: „Max, Max, stell dir vor, die Lissy kommt nach Wien, um uns zu besuchen." Herr Hollischek schaute auf: „Die Lissy, na servas, dieses überkandidelte Plappermaul? Wenn die kommt, moch i drei Schichten."

Frau Hollischek stutzte: „Wieso, die Lissy ist wie die Tante Ida und die host doch gern ghobt."

„Jo, die hott a net ununterbrochen daher gredt."

Frau Hollischek beschwichtigte ihn: „Weist wos, i geh mit der Lissy übern Weihnachtsmarkt und dann in a Kaffeehaus."

„Dös mochst. Donn hob i a mei Rua", atmete er auf.

„Du und dei Rua. Wenns net auf'm Bock sitzt, gehst eh zum Heurigen", lästerte die Ehefrau.

„Wie moanst jetzt dös? I werd doch wohl nach am anstrengenden Tag a Glaserl Wein trinken dürfen."

Frau Hollischek versuchte, ihn zu besänftigen: „Iss scho recht. Um dir dei Rua zu lassen, brauch i aber für den Bummel a Göld."

„A Göld. Na servas." Er griff nach seinem Geldbeutel, nahm zehn Euro heraus und legte ihn auf den Tisch. „Do host a Göld."

„Wie a Göld? Zehn Euro?", fragte sie verständnislos.

„Dös langt für'n Kaffee mit Schlagobers."

Frau Hollischek entgegnete: „Für'n Kaffee mit an Schlagobers? Du mochst Scherze. I hob gsogt, dass i mit der Lissy bummeln geh oder willst, dass i mit ihr heimkomm?"

Herr Hollischek gab nach: „Na gut, dann halt's Doppelte für a Stickerl Sachertorten." Er nahm einen weiteren Schein aus der Geldbörse und legte ihn auf den Tisch.

Frau Hollischek mäkelte weiter: „Wos soll i mit zwanzig Euro. Glaubst vielleicht, dass i im Kaufhaus dafür irgendwas kriag?"

„Einen Schal wirst scho dafür kriagen."

Frau Hollischek empörte sich: „Wos, i soll mir einen Schal kaufen? Bist noch gscheit?" Herr Hollischek versicherte: „Nur weil die Lissy kommt, werd i net zum Göldpucker werden."

Frau Hollischek piekste den Gatten weiter: „Du und a Göldspucker. Des i net loch."

Herr Hollischek war nun aufgebracht: „Wie moanst jetzt dös? A Fiaker verdient a guat's Stickerl Göld. Deswegen muss du's noch long net zum Fenster rauswerfen."

Frau Hollischek hänselte: „Wenns meinst. Donn komm i mit der Lissy halt zum Heurigen. Bei deiner Zeche fällt dös net weiter auf." Der Gatte erschrak: „Dös mochst net. Dann konn i nix mehr trinken."

„I geh jedenfalls net mit zwanzig Euro bummeln. Wer an Nerzmantel trägt, brauch auch a Bargöld", beharrte die Gattin weiter. „Jetzt muss i lachen. Der oide Mantel von der Tante Ida iss doch schon ganz abgetragen. Da sieht ma schon's blanke Leder. Am besten, du ziehst ihn net an, sonst blamierst mich noch bei der Lissy", polterte Herr Hollischek.

„Blamieren? I hob aber keinen anderen Mantel als das Erbstück von der Tante Ida."

„Dann kaufst dir holt a neuen", entfuhr es dem genervten Ehemann. „Gut, dann geh i mir jetzt an vernünftigen Mantel kaufen. Dös kost aber scho was." Herr Hollischek grummelte vor sich hin und griff wieder in den Geldbeutel. Er legte nun dreihundert Euro auf den Tisch: „Na servas, dös iss a teurer Besuch! So, dös wird ja jetzt wohl ausreichen. Es muss jo ka Nerzmantel net sein."

„Hob i doch gwusst, dass du großzügig sein kannst. Sonst wärst auch kein Fiaker, die san nämlich alle nobel", lobte Frau Hollischek den einsichtigen Gatten.

Herr Hollischek fühlte sich jetzt geschmeichelt: „Iss scho recht. Als Fiaker weiß ma eben, was sich ghört."

Frau Hollischek schmeichelte sanft: „Dank dir schön, mein nobler Herr Fiaker." Sie küsste ihn auf die Wange. „Die zwanzig Euro kannst behalten. Damit im Heurigen an mi denkst und weiter trinkst."

# DIE WOLFERTEN KOMMEN

15.02.2020

In der Früh verhieß das zarte Rosa der Morgendämmerung einen malerischen Sonnenaufgang. Der Himmel schälte das Blau streifenweise aus dem Dunkel der Nacht. Das Licht des Sonnenfensters hellte sich in die Augen der Schlafmützen. Wir waren da bereits hellwach unterwegs, wenn auch gähnender Weise.

Die Anreise in Österreich ist kein Vergnügen. Megastau! Zwei Stunden Stopp and Go für ganze fünfundfünfzig Kilometer. Hadern hilft nicht. Alle Ortsdurchfahrten sind gesperrt. Lediglich der Achensee entschädigt für dieses Anfahrtstrauma in Blech. Er atmet eingebettet in steile, weiß besprengte Berglandschaften mit traumhaften Tälern.

Die Autobahnabfahrt vor dem Tunnel der Bundesstraße suggerierte noch freie Fahrt. Doch auch dies entpuppt sich später als Makulatur. Es gab eine Massenkarambolage. Sicher eine der Ursachen für dieses Verkehrschaos. Die eigentliche Ursache war jedoch, wie wir später erfuhren, die Verkehrspolitik der Österreicher. Um die kleinen Dörfer vor Touristen zu schützen, hatte die Politik beschlossen, den Verkehr von den Ortschaften fernzuhalten. Damit niemand die Absperrungen umfahren konnte, standen sogar an jeder Abfahrt Polizisten, die kontrollierten.

„Wenn I privat anreisen würde, käm I nie auf die Idee, samstags zu fahren. Während der Woche gibt's ka Probleme. Samstags kummen die Wolferten", erklärt uns beim Abendessen die Restaurantfachfrau.

Vor Jenbach hat ein Riss in den Wolken ein schillerndes Farbenprisma entstehen lassen, Polarlichtern gleich. Wir staunen. Die Gipfelkette rührt beinahe an den Regenbogenflimmer heran, fast wie eine Schutzmauer vor dem Sonnenfeuer, das aus dem Weiß einen Glitzerteppich animiert. Als wir endlich ankommen, stöhnen alle, reden sich die

Strapazen von der Seele, löschen den Ärger über abgesperrte Zufahrtsstraßen mit einem Pils, ganz ohne Umleitung und Thekenstau. Beim Auspacken der Koffer lief die Fahrt vor meinem inneren Auge nochmals vorbei. Ich erinnerte mich an die vielen Moosflecken der Berghänge in Buchau, an die Schlittenspuren um die Privathäuser in Maurach, an die große Außenrutsche des Kinderhotels, die Pferdekolonne der Winterreiterei, die Drachenflieger, deren gelbe und rote Schirme sich vom Gipfel lösten und ins Tal schwankten. Ich war schon ganz gespannt, was Mayrhofen zu bieten hatte.

16.02.2020

Mayrhofen, schneefrei und wintergrün, Touristenhochburg mit Après-Ski-Diskos à la mallorquinischem Ballermann-Gehabe, erlebt eine Invasion. Etwa dreitausendachthundert Einwohner zählt die Marktgemeinde, heute sind unzählige Touristen angereist. Am Sonntagmittag sind alle Stühle im Außenbereich besetzt. Von Ruhe keine Spur.

Ich flaniere durch die Hauptstraße, sehe durch Schaufenster und Seitengassen. Mein Blick fällt auf die Gipfelspitzen, die im Gegensatz hierzu schneeweiß aufragen und das Sonnenlicht im Tal widerspiegeln. Zwischen dem Penkenplateau und der Seilbahnstation begegnen sich die Gondeln, gleiten wie Adler im Flug durch die Luft und entschwinden unkenntlich im funkelnden Schneefeld.

Nach unzähligen Sportbekleidungsläden, Skischulen, Souvenirgeschäften und Restaurants kommt mir die Kirchturmspitze entgegen. Kein Zwiebeltürmchen, nein, ein sich steil zuspitzender, fünfundfünfzig Meter hoher Turm mit Goldkugel und Drehkreuz. Die Pfarrkirche Maria Himmelfahrt bietet viele Kunstschätze. Seit dem fünfzehnten Jahrhundert mehrmals umgebaut erhob die Erzdiözese Salzburg erst 1858 Mayrhofen zur Pfarrei. Der grüne Spitzhelm wurde zuletzt zweitausendzwölf neu eingedeckt. Der Seiteneingang ist offen. An der Tür hängen Hinweise, dass dies ein Gotteshaus sei und man beachten sollte. Wohl dem Anschauungstourismus geschuldet.

Es riecht nach Weihrauch, um zehn Uhr wurde das Hochamt zelebriert. Die Stille kündet von intensiver Spiritualität. Ich spüre die Anwesenheit Gottes, seinen Geist, bete innerlich, bitte um Gnade und Wohlergehen für meine Familie. Der Hochaltar zeugt von barockem Glanz, rechts und links flankiert von den Erzengelfiguren Michael und Raphael.

An der Decke des Chores befindet sich eine Malerei aus der Zeit des Barock, eine Darstellung von Mariä Himmelfahrt. Im Eingangsbereich steht eine Madonna mit Kind aus der Zeit um siebzehnhundert. Neuzeitlich hingegen eine Deckenmalerei von Max Weiler. Die Rose von Jericho, so der Name des Gemäldes, misst dreißig Quadratmeter, entfaltet eine leuchtende Farbenpracht im achteckigen Innenraum.

Im hinteren Bereich unter der Orgelempore brennen Opferlichter. Ein Windlicht kostet achtzig Cent, eine Osterkerze zwölf Euro fünfzig. Nachdem ich die Gebühr eingeworfen habe, zünde ich für meine Familie vier Windlichter an.

Andere Gotteshausbesucher tun es mir gleich. Eine Frau mittleren Alters, die in der vorletzten Bank des Kirchenschiffs saß, ist aufgestanden und kommt ebenfalls an den Opfertisch. Mir scheint, dass sie nach dem Rechten schauen wollte. Womöglich eine Art Aufsicht.

Als ich die Kirche verlasse, blendet mich das Tageslicht. Ich muss mich erst wieder dem Weltlichen zuwenden. Der Lärm reißt mich jedoch unvermittelt aus der Meditation heraus, zurück in die Gegenwart.

Jetzt laufe ich die Hauptstraße wieder zurück, bleibe öfters stehen, es geht jetzt ständig bergauf. Ich schnaufe wie ein altes Pferd. Keine Kondition, denke ich, wohlwissend, dass ich auch mit Training keinen Titel mehr gewinnen könnte. Auf der Brücke, die über die Ziller führt, bleibe ich stehen, betrachte den Flusslauf mit den kapriziösen Wasserschleifen um die vielen großen und kleinen Steine.

17.02.2020

Nebel hängt ins Tal, verschleiert die Weitsicht, legt sich um den Penken wie ein Halstuch. Heute Mittag ist Regen angesagt und so mache ich mich auf, ein wenig Morgenluft zu schnuppern. Es ist ruhig, wenngleich die Ziller mit Geplätscher und Gurgeln auf sich aufmerksam macht und daran erinnert, dass sie der Ausgangspunkt für das Zillertal ist, die Lebensader der Region, ohne die es den Namen gar nicht gäbe. Der kleine, etwa ein Meter hohe Wasserfall jedenfalls lässt daran keinen Zweifel.

„Jetzt kumm, moch di auf oder willst wieder zruck?" ermahnt eine Skifahrerin ihren Sprössling. Die Schlange vor der Ahornbahn ist nicht lang. Unter der Woche scheint der Tourismus erträglich. Ein älterer Herr in Wollweste tritt an die Brüstung des Wasserfalls und raucht. Er muss wohl in einem der Hotels logieren. Vielleicht wohnt er aber hier, ein Mayrhofner, der den Morgen genießt.

Das Postauto fährt vor, der Linienbus kommt um die Ecke angefahren, biegt rechts ab, fährt über die Zillerbrücke und hält kurz dahinter. Weitere Skifahrer steigen aus und traben etwas schwerfällig mit lautem Klackklack der Skischuhe in Richtung Penkenbahn. Ich muss weiter in die Apotheke, Allergietabletten besorgen.

Die Pollen treiben in der Luft, Vorfrühling ist im Tal, die Hasel schüttelt bereits ihre gelben Kätzchen aus. Eigenartig ist das Gefühl, auf den Gipfeln satter Winter und hier unten fängt es an zu knospen. Jetzt fallen Sonnenstrahlen durch das Blau, ein roter Gleitschirm segelt hinab, ein Tandemflieger, dreht eine Schleife nach links, dann nach rechts und landet sanft in der Wiese hinter der Ziller. Gestern flogen sie alle dreißig Minuten, immer zwei kurz hintereinander.

Die Hauptstraße ist die Metropole von Mayrhofen, die Einkaufsstraße, die alles zu bieten hat, was das Käuferherz sich wünscht. Eingezeichnete Fahrradwege, markierte Fußgängerstreifen, dazwischen der Autoverkehr der Einbahnstraße. Wenn Busse fahren, wird es schon mal eng, ich gehe lieber noch mehr zur Seite, man weiß ja nie. Heute Morgen sitzt noch niemand auf den Stühlen der Straßencafés, das wird sich sicher bald ändern.

Anwohner sind unterwegs, Pensionisten und Mütter machen ihre Besorgungen fernab dem Rummel, der nachmittags losbricht, wenn die Bergbahnen schließen. „Host scho ghört? A Frau is obgstürzt, zehn Meter tief, glaub i. Die Rettung hots ins Spital bracht", erzählt eine ältere Dame einer deutlich jüngeren Frau mit Einkaufstasche. Ich erinnere mich, in der Tiroler Tageszeitung davon gelesen zu haben. Es wurde über mehrere Unfälle berichtet, meist mit deutschen Urlaubern. „Jo, jo, oarbeitslos werden die nie", sagt die jüngere Frau gelassen und verabschiedet sich.

Denkt man sich den Tourismus weg, lebt es sich bestimmt sehr angenehm hier oben, etwa fünfhundert Meter über dem Meeresspiegel. Die Höhenluft tut auch mir gut, meine Gelenke beginnen sich zu regenerieren, was bedeutet, ich kann besser gehen. Auch meine Haut verbessert sich bereits. Das Reizklima bringt meine Lungenflügel zum Durchatmen, ich fühle mich putzmunter.

Da entdecke ich eine Apotheke. Zwei Personen stehen an der Verkaufstheke, ich warte. „Grüß Gott. Ich hätt gerne dieses Medikament", sage ich und geb ihr den Zettel. Sie liest, dreht sich um und schaut über die Aufschriften der Schubladen der Apothekerschränke. Dann zieht sie eine auf und nimmt eine Schachtel heraus.

„Das ist der Wirkstoff, den Sie benötigen", sagt sie. „Ein Originalmedikament gibt es nicht?" frag ich sie. „Nein, es geht immer nur um den Wirkstoff." Gut, denke ich, wie in Frankreich. Ob es noch etwas sein soll, fragt sie. Ich schüttele den Kopf. „Danke, nur dieses Medikament. Vielen Dank." Ich zahle, packe die Tabletten in meine Handtasche und gehe wieder auf die Straße.

Von Bewölkung keine Spur. Die Wettervorhersage scheint nicht einzutreffen. Wir haben einen strahlend blauen Himmel, weiße Federwolken und puren Sonnenschein.

Herrlich, denke ich und spaziere weiter die Straße hinunter. Ich sehe wieder den grünen gedrehten Spitzhelm der Maria Himmelfahrtskirche hinter dem Marktgemeindehaus aufblitzen. Laut Ortsplan muss sich das Europahaus in der Nähe befinden.

Ich biege in die Seitenstraße ein und schon sehe ich ein sechseckiges Gebäude in der Ferne. Das muss wohl das Kongresszentrum sein. Es wird ruhiger, wenig Verkehr und kein Straßenlärm mehr. Kaja Yanar kommt am ersten April nach Mayrhofen und andere, mir unbekannte Künstler. Hinter dem Europahaus liegt ein großer Parkplatz, der spärlich belegt ist.

Welch eine Ruhe strömt mir entgegen! Es scheint, als lägen diese Ferienwohnungen und Hotels auf der stillen Seite der Marktgemeinde. Privatvermietungen, Appartements und Pensionen reihen sich nebeneinander. Auch hier knospen schon Sträucher in den Vorgärten.

Die Sportplatzstraße zieht sich endlos, lange Hausnummern, das scheint hier Standard zu sein. Nebenstraßen und Sackgassen führen bis an die Bergwand. Die kunstvollen Verzierungen der Häuser heben sich von den Berghängen ab, die Balkone mit gedrechselten Holzstäben, die Fronten mit Zeichnungen von Kaiserin Maria Theresia bis hin zu modernen Malereien des Künstlers Helmut Rehm.

Pittoresk dieser Anblick menschlicher Bau- und Malkunst vor dem Hintergrund der Gebirgskämme, ein besonderer Anreiz für städtebaulich und kunstinteressierte Urlauber, fast eine Art Freilichtmuseum. Weshalb häufig Schilder angebracht sind, die warnen: „Betreten verboten", „Videoüberwachtes Gelände" oder „Privatgelände". Die Versuchung ist groß, aber ich respektiere das Privatleben der Mayrhofner.

Als ich am Sportplatz vorbeikomme, denke ich, dass ich bald auf eine Einbiegung zur Hauptstraße treffen muss, die Gondeln werden wieder größer. Das muss die Penkenbahn sein. Es stimmt, vor mir sehe ich die Volksbank und die Polizeistation.

Zurück auf der Hauptstraße dringt Musik aus einem Restaurant. Gestern waren wir in einer Après-Ski-Disko. Ein lautes Trommelfeuer, Stimmungsmusik meist im Viervierteltakt, ließ die Gäste unwillkürlich die Beine bewegen, auf dem Tisch eine Vortänzerin, etwa dreißig Jahre alt mit blondem, langem Haar, in der offiziellen Angestelltenkleidung mit Aufdruck für noch mehr Animation. Leere Bierflaschen rollten kistenweise an die Tür, das Personal hinter der Theke kam mit dem Ausschenken nicht mehr nach. Ständig wurde die Tür geöffnet, es wurde immer voller. Männliche Gäste suchten weibliche Gäste, weibliche Gäste suchten männliche, alles völlig zwanglos, den eigenen Bedürfnissen überlassen. Die Bar war bis in die Morgenstunden geöffnet. Wie muss es wohl in den anderen, noch überlaufeneren Orten wie in Ischgl oder Kitzbühel zugehen?

So, nun muss ich nochmal ins Sparkaufhaus und Pralinen besorgen, ein kleines Dankeschön für den ausgezeichneten Service unseres Hotels. Außerdem kaufe ich wieder die Tiroler Tageszeitung, um mich mit dem Leben der Marktgemeinde weiter vertraut zu machen. Skifahrer kommen mir entgegen, Mittagsrast scheint angesagt zu sein. Die Tische füllen sich. Bratengeruch zieht an meiner Nase vorbei und mein Magen funkt: ich habe Hunger.

Zurück im Hotel öffne ich die Fenster und blicke in das Panorama der Mayrhofner Bergwelt. Sonnenstreifen blenden mich, werfen Schattenstreifen zwischen Tannenbaumreihen, die schroffen Abhänge blitzen hellgrau auf. Ich sollte ins Restaurant gehen und mir eine Suppe gönnen.

# BÜCHER VON VERA HEWENER

Vermisstenanzeige. Gewidmet den ermordeten Juden des Naziregimes. Lyrik und Prosa. Vera Hewener. Libri BoD. Norderstedt 2000. ISBN 3-8311-0748-3. 2. erw. Auflage 2014. ISBN 978-3831107483.

Lichtflut. Reisenotizen. Lyrik und Prosa. Vera Hewener. Edition Calamus. Norderstedt 2001. ISBN 3-8311-1493-5. 2. erw. Auflage 2014. ISBN 987-3831114931.

Eine Neigung aus Blau. Gegenwartslyrik. Vera Hewener. Norderstedt 2002. ISBN 3.8311-3334-4. 2. Auflage 2014. ISBN 9783831133345

Bist Himmel mir und tausend Feuerfunken. Gedichte. Vera Hewener. Mauer Verlag. Rottenburg a/N. 2003. ISBN 3-937008-46-2.

Verwirbelungen der Zeit. Vera Hewener. Lyrik mit Bildern von Carolin Isele. WiKu Éditions Paris E.U.R.L. Paris und WiKu Verlag KG Berlin 2005. ISBN 3-86553-203-9.

Es kommen andere Ewigkeiten. Gedichte. Vera Hewener. WiKu Édition Paris ISBN 2-84976-0188 WiKu Verlag 2007. ISBN 978-3-86553-189-6.

Himmelsstürme. Vera Hewener. Gedichte mit Fotografien. edition Wort Verlag Bitburg 2010. ISBN 978-3-936554-00-3.

Das Jahr: Dichtung in vier Sätzen. Vera Hewener. Gedichte mit Fotografien. BoD Books on Demand Norderstedt 2013. ISBN 978-3-7322-3168-3.

Zaubervolle Winterwelt. Gedichte, Geschichten, Notizen. Vera Hewener. Verlag BoD Books on Demand. Norderstedt 2014. ISBN 9783735761262.

Frühlingsserenade. Die schönsten Gedichte, Geschichten und Notizen zur Frühlingszeit. Vera Hewener. Verlag BoD Books on Demand. Norderstedt 2015. ISBN 978-37347-3140-2.

Die Blüte des Sommers. Sommeranthologie. Die schönsten Gedichte, Geschichten und Kalendernotizen. Vera Hewener. Verlag BoD Books on Demand. Norderstedt 2015. ISBN 978-3-7347-89540.

In der Saar schwimmen keine Krokodile. Gegenwartslyrik & Texte. Vera Hewener. Verlag BoD Books on Demand. Norderstedt 2015. ISBN 9783738635676

Von Lorraine nach Aquitaine. Reisenotizen in Lyrik und Prosa. Vera Hewener. Verlag BoD Books on Demand. Norderstedt 2016. ISBN 9783741210860.

Du trocknest meine Tränen wieder. Religiöse Lyrik & Texte. Vera Hewener. Verlag BoD Books on Demand. Norderstedt 2016. ISBN 9783743113589.

Zaubervolle Jahreszeiten. Der Frühling. Vera Hewener. Verlag BoD Books on Demand. Norderstedt 2017. ISBN 9783743125117.

Aus meinem Federkiel. Magische Momente. Natur & Seele. Gedichte. Vera Hewener. Verlag BoD Books on Demand. Norderstedt 2017. ISBN 9783744870511.

Zaubervolle Jahreszeiten. Der Sommer. Vera Hewener. Verlag BoD Books on Demand. Norderstedt 2017. ISBN 9783744870993.

„Kerzen, Wunder, Himmels-Zunder". Vera Hewener. Lustige und besinnliche Geschichten und Gedichte zur Advents- und Weihnachtszeit. Verlag BOD Books on Demand. Norderstedt 2017. ISBN 9783744893824. 2. Ausgabe 2019. ISBN 9783738629682.

Die Jahreszeiten: Auslese. Gedichte. Vera Hewener. Verlag BOD Books on Demand. Norderstedt 2018. ISBN 9783738636017

Werkausgabe Band I. Frühe Gedichte 1970-1999. Verlag BOD Books on Demand. Norderstedt 2018. ISBN-13: 9783746025292

Kinder, Hund, Familienbund. Lustiges, Tierisches und Allzumenschliches in Lyrik und Prosa. Vera Hewener. Verlag BOD Books on Demand. Norderstedt 2018. ISBN 9783746056821

Zaubervolle Jahreszeiten. Der Herbst. Vera Hewener. Verlag BoD Books on Demand. Norderstedt 2018. ISBN 9783752842135

Christnacht, Glocken, Engelslocken. Gedichte und Geschichten zur Weihnacht. Vera Hewener. Verlag BoD Books on Demand. Norderstedt 2018. ISBN 9783748107637. 2. Ausgabe 2019. ISBN 9783741251641

In der Saar feiern die Fische. Gegenwartslyrik & Szenen. Vera Hewener. Verlag BoD Books on Demand. Norderstedt 2019. ISBN 9783732237142. 2. Auflage 2020. ISBN 9783752810080

Von Brandasund bis Nasholim. Reisegedichte, lyrische Ausflüge, Geschichten und Notizen. Vera Hewener. Verlag BoD Books on Demand. Norderstedt 2019. ISBN 9783732235841.

Tannen, Lobgesang, Weihnachtsklang. Gedichte, Geschichten, Liedtexte und Bühnenstücke zur Advents- und Weihnachtszeit. Vera Hewener. Verlag BoD Books on Demand. Norderstedt 2019. ISBN 9783750400030.

In der Saar tanzen die Schwäne. Gedichte, Geschichten & Szenen. Vera Hewener. Verlag BoD Books on Demand. Norderstedt 2020. ISBN 9783751921060.

Zaubervolle Weihnachtswelt. Geschichten, Gedichte, Stücke & Notizen zur Advents- und Weihnachtszeit. Vera Hewener. Verlag BoD Books on Demand. Norderstedt 2020. ISBN 9783752606409.

Weihnachtsklang, Lobgesang. Deutsche Gedichte und Nachdichtungen internationaler Weihnachtslieder, Gospels, Spirituals und deutsche Weihnachtslieder in moselfränkischer Mundart. Vera Hewener. Verlag BoD Books on Demand. Norderstedt 2020. ISBN 9783752606393.

Sodom und Camorra. Kurze Bühnenstücke für viele Gelegenheiten. Vera Hewener. Verlag BoD Books on Demand. Norderstedt 2020. ISBN 9783752606386

Oh Frühling, komm! Natur, Stadt & Land. Die schönsten Frühlingsgedichte. Vera Hewener. Verlag BoD Books on Demand. Norderstedt 2021. ISBN 9783753439594

Oh Sommer, leuchte. Natur, Stadt & Land. Die schönsten Sommergedichte. Vera Hewener. Verlag BoD Books on Demand. Norderstedt 2021. ISBN 9783753421414

Oh Herbst, wandle!. Natur, Stadt & Land. Die schönsten Herbstgedichte. Vera Hewener. Verlag BoD Books on Demand. Norderstedt 2021. ISBN 9783754320655

Oh Winter, schneie! Natur, Stadt & Land. Die schönsten Wintergedichte. Vera Hewener. Verlag BoD Books on Demand. Norderstedt 2021. ISBN 9783754347034

Das kleine Tännlein. Die schönsten Weihnachtgeschichten. Vera Hewener. Verlag BoD Books on Demand. Norderstedt 2021. ISBN 9783755701705.

Denn die Zeit ist des Ewigen Aufgang. Zeitgedichte von der Morgenröte bis zur Abendstunde. Vera Hewener. Verlag BoD Books on Demand. Norderstedt 2022. ISBN 9783755738756

Denn die Nacht ist der Spiegel der Sterne. Abend- und Nachtgedichte. Vera Hewener. Verlag BoD Books on Demand. Norderstedt 2022. ISBN 9783755730125

Verrückte Tierliebe. Tiergedichte für alle Generationen. Vera Hewener. Verlag BoD Books on Demand. Norderstedt 2022. ISBN 9783754359860

Wellen, Wogen, Himmelsbogen. Gedichte und Geschichten über Meere, Ströme und Gewässer. Vera Hewener. Verlag BoD Books on Demand. Norderstedt 2022. ISBN 9783755734468